청춘실종, 타살혐의

청춘에 정답은 없습니다.
그런데 무엇을 위해 견뎌야 하고
무엇을 위해 이해해야 하며,
무엇을 위해 견고해져야 하는 걸까요.

견뎌내지 못한다면 쉬어도 되고,
이해하지 못해도 괜찮습니다.
견고한 사람이 아니면 어떤가요.

단지 청춘을 위해 살아간다면
그것만으로 충분합니다.

견해 단편소설

목차

작가의 말

안녕하세요, 지은이 견해입니다. 이렇게 인사드리는 경우는 처음이라 많이 낯서네요. 제 인사를 받으셨다면 그건 독자님께서 저의 책을 펼쳐보셨다는 의미겠죠, 무척이나 영광입니다. 작가의 말을 글 앞머리로 갖고 온 것은 어디까지나 이 책이 어떤 내용을 다뤘으며, 어떠한 말을 하는가에 중점을 두고자 남겨둔 말입니다. 부디 확정적인 답보다는 다양한 의견으로 바라만 보시길 바랍니다.

우선 『청춘실종, 타살협의』는 1인칭 독백으로 담아낸 단편소설입니다. '여자'라는 인물이 주체가 되어 '청춘'이 과연 어떠한 목적과 목표를 갖고자 달려가는지 자신의 생각을 풀어낸 글이며 무엇보다 '여자'가 가치관을 확립하는 과정과 인정하는 부분에서 독자님들께 답답함과 불쾌감이 유발될 수 있고 혹은 이해가 되지 않는다는 말을 남기실 수 있습니다. 하지만 이건 어디까지나 허구적으로 꾸며낸 이야기이고, '청춘'을 소설로 나타낸 행위라고 보시면 됩니다. 행위 예술이라고 지칭하기에는 예술이라는 고귀한 단어가 제 글과 거리가 먼 것 같아 행위라고 남겨드립니다.

이 글은 제가 우울증을 겪다가 다시 세상에 나아가고자 하늘을 올려다보았을 때. 그때 나온 글입니다. 하여 읽는 내내 불쾌감과 우울감이 지속될 수 있으니 이러한 장르가 맞지 않으신 분들께는 구매를 권장하지 않습니다. 이 부분 양지 부탁드립니다.

처음 소개말에 덧붙이자면 제가 바라본 청춘은 결코 견뎌 내거나, 힘을 내야만 이겨낼 수 있는 산맥이 아니라는 것입니다. 그리고 청춘은 20대만의 전유물이 아닌 여러 세대를 교차하는 명사라고 생각합니다. 그러나 첫 단추를 끼우는 20대가 가장 많은 시행착오와 고뇌에 빠지며 자신의 방법을 찾기 위한 사투가 쉽지만은 않고, 그것이 다음 단계에 이어질 대안이자 대책이 되더라도 그 과정을 겪는 청춘, 겪을 청춘을 향해 외치는 이야기입니다.

어떻게든 살아가고자 하는 현재에 '청춘의 고달픔'이라는 한 숟갈을 얹어 인내하는 것이 결코 해답은 아니라는 것. 있는 그대로를 받아들이고 인정할 수 없다는 것을 인정하지 않는 것. 이해할 수 없으면 도망쳐도 되는 것. 나아가 당신만이 그렇지 않다는 것. 우리 모두가 청춘에서 도망치고 있다는 것. 그러한 이야기를 풀어낸 책입니다.

응원이나 위로가 되는 글은 없습니다. 그저 현실적인 청춘을 소설로 담아냈으며, 자극적일 수 있는 소재도 남겨져 있기에 읽기 전 염두에 두시길 바랍니다.

이 책을 읽고 계실 여러 나이대의 청춘분들이 목적을 가지지 않고 있는 그대로 청춘을 지내는 해방을 염원합니다. 청춘은 숨기는 것이 아니며 참아내는 것이 아니며 그렇다고 해서 다독임을 받을 것이 아닙니다. 그대로 도망쳐도 되는 것이고, 포기해도 되는 것입니다. 파란만장한 탓에 미래가 보이지 않아도 언제까지 영원할지 모르는 청춘이 그저 늘 도망칠 수 있는 여러분의 쉼터로 존재하길 바랄 뿐입니다. 감사합니다.

가스라이팅 자살 사건

1

"어땠어요?"

어두운 모텔방, 관계를 마친 남자가 여자에게서 내려와 이불자락을 당겼다. 상체는 숨길 수 없어 하체만 급하게 숨겼다. 여자는 남자의 물음에 대답하지 않은 채 멍하니 천장만 바라보다가 허리를 일으켜 담배를 물었다.

"…그럭저럭."

대답 끝에서 담배 연기가 뿜어져 나왔다. 미묘한 끄덕임은 남자의 자존심을 완전히 눌러 버렸다. 빨간 바탕 위로 노란 꽃들이 피어나 촌스럽기 그지없는 벽지와 거울 언저리에 제대로 닦지 못해 생긴 때가 가득했다. 여자의 대답에 남자는 등을 돌렸지만, 여자는 아랑곳하지 않고 자리에서 일어나 옷을 챙겨 입었다.

여자가 움직이는 기척에 남자가 벌떡 일어났다.

"가시게요?"
"끝났는데 가죠, 그럼 하루를 붙어 있어요?"

맞는 말이라 붙잡을 이유가 없었다. 남자는 별말 없이 도로 누웠다.

여자가 가방을 챙겨 화장대 앞에 앉았다. 그사이 번진 눈가를 면봉으로 닦아내고, 티슈를 두어 장 꺼내어 물을 묻혔다. 잔뜩 뭉개진 립스틱은 붉은색인지, 분홍색인지 알 수 없는 잔여물을 남겼다. 여자는 티슈로 입술을 닦아낸 뒤 립스틱을 꺼내 진하게 바르고는 뻐끔뻐끔 위와 아랫입술을 밀착시켰다. 재킷까지 입은 여자가 현관에 다가섰다. 남자는 여전히 등을 돌린 상태로 김빠진 심보를 보였다. 여자는 진절머리를 내며 모텔방을 나갔다.

여자는 올해로 스물하고 두 살을 바라봤다. 회사는 그럭저럭 다니고 있었고, 한창 철없던 나이에 무직자 대출을 받아서 삼천만 원의 대출금이 있었다. 그래서 회사에 다니고 있었다. 연봉은 이천사백만 원. 아, 물론 세금을 제외하기 전이다. 세금을 떼면 월급 이백십만 원. 그녀의 몸값이 이백만 원에 십만 원을 더한 정도라는 거다. 거기서 대출금 백만 원 남짓 내고, 월세 사십만 원에 관리비 구만 원. 담뱃값으로 어림잡아… 삼사십만 원을 쓰고 나면 정말 남는 게 없었다. 바보같이 백여만 원을 갚아 가는 미련한 청춘이었다.

솔직히 대출금을 말하면 한 곳에서 받은 게 아니라 여러 곳에서 받아 버릇해서 변제금도 눈덩이처럼 불었고, 지출도 눈산만큼 쌓였다. 그녀의 지출에 이전 회사 동료는 자신이 파산 신청했던 변호사를 소개해 줬는데 알아보니까 수수료도 내야 했었다. 수수료를 내기에는 지금 사정도 여유롭지 못한데, 그래서 파산 신청을 그만뒀다. 차라리 지출의 늪에서 허덕이는 게 나았다.

그리고 직장 상사는 일할 때가 아니면 상냥했다. 내 인생을 다 꿰뚫어 보는 언니 같은 느낌이랄까. 상사는 신용 회복을 권했다. 수수료도 비싸지 않고, 파산과 거리가 멀다는 설명을 들었다. 밑져야 본전으로 신청했는데 접수되었더라. 협의도 체결되었고, 인터넷에 검색하니 내가 이 년간 갚아 낸 대출금이 총 이천만 원에 달했다. 그러니까 대출이 삼천가량 남아 있다는 건 오천은 넘게 빌려서 인생을 돌려 막고 있었다는 얘기였다. 허무하기 짝이 없었다. 먹고 싶은 거, 입고 싶은 거 다 참으면서 갚은 돈이 은행 놈들 의식주를 해결하고 있었으니…. 그래서 제대로 된 연애를 못 했다. 길어야 일 년, 짧으면 육 개월. 다사다난했던 연애는 궁상맞은 내 주머니 사정에 남자들이 떠나면 끝이 났다. 젊고, 돈 있고, 씀씀이 좋은 여자를 선택했다는 뜻이다. 내가 남자였어도 그랬을 거다. 왜냐면 나는 줄곧 받아먹기만 했지, 쓴다고 해도 정말 소소하게만 써 버릇해서 그놈들은 신물이 났을 거다.

어차피 될 대로 되라는 인생인지라 떠나는 걸 막지 않았다. 그냥 운명이 아니었나 보다 싶었다. 그리고 떠난다는 것도 막아서는 안 된다고 느꼈다. 걔네도 운명을 찾아야 하는데 뭐 하러 운명도 아닌 짝에 억지로 청춘을 붓는다는 말인가.

이별하고 나서는 외로움을 많이 느꼈다. 혼자 살아서 그런지 공허함 역시 커져만 갔다. 어느 날은 노래 들으면서 밤새 울기도 하고, 영화를 보다가도 울고, 책을 보다가도 울었다. 그러니까 사람이 축축 처지더라. 원 없이 사는 인생에 울기만 해서는 안 됐다. 매일 밤을 책임지는 외로움을 달래고자 클럽을 다녔다. 정말 숱한 클럽에 다녔고, 정착한 곳은 힙합 클럽이었다. 쿰쿰한

지하 냄새에 술은 여간 못 말아서 이게 음료인지, 술인지 시킬 때마다 맛이 달랐다. 취해서 달랐다는 게 아니라 항상 맛이 달랐다. 나처럼 돈 없고, 외로움만 가득 찬 청춘이 서성이기에 딱 들어 맞았다.

강남은 비싼 사람들이 많아 자존심이 무너졌고, EDM 클럽은 단정한 차림을 한 사람이 많아 취향에 안 맞았다. 자존심과 취향이 허락한 곳에서 꽂히는 남자가 있으면 그날 꽂히는 관계로 이루어졌고, 빼내면 작별이었다. 해가 뜨면 '저, 클럽에서 남자랑 원나이트 했어요.' 하는 얼굴로 돌아다니기 싫었고, 검은 직장인들 사이에서 맨살을 드러낸 내 모습이 보기 싫었다. 그래서 항상 해가 떠오르기 전에 첫차를 타고 집으로 돌아갔다.

웃긴 건 연애를 하고 싶지는 않았다. 감정 노동을 사랑으로 나눈다는 정의를 깨우친 지 오래였고, 사랑의 정의는 쾌락에도 포함된다는 이치를 깨달았다. 그래서 짧지만, 강렬한 만남이 좋았다. 그렇다고 여느 남자랑만 잔 건 아니었다. 적당히 말도 들어 주고, 술도 사 주고, 성병에 안 걸렸을 거 같은 남자애들을 찾아 만났다. 계속 놀다 보면서 그런 눈이 생겼다. 어떻게 보면 시야가 트였다고 해야 하나.

남자 보는 눈은 좋았는데 직장 보는 눈은 영⋯ 꽝이었다. 자기 딸(딸내미가 다섯 살이라고 들었다.)한테 하는 애정 표현이라고 뒤에 몸을 붙이고, 정수리 냄새를 맡는 대표를 만났는가 하며, 바빠 죽겠는데 불러서 손만 주물럭거리는 점장도 만났다. 연인은 아니고, 그런 상사를 만났다는 거다. 그래도 사수에 대한 복은 좋았다. 그런 상황에 대신 나서서 뭐라고 하기도 했고, 오히려 나를 불러 모면시켜 주기도 했다. 웃긴 건 사수들은 다 여자였다. 편협한 생각을 하는 건 아닌데 나를 추행하던 사람은 남자였고, 도움을 보이던 사람은 여자였다. 같은 성별에서 비롯된 동질감이 었던 거 같다.

나는 대학에 가지 못 했고, 고등학교만 졸업했음에도 사진 편집을 할 줄 알았다. 보정과 디자인도 할 줄 알았는데 '이 사람은 디자인을 잘한다.'라고 국가에서 인정해 주는 자격증이 없었다. 그래서 회사에 지원하는 족족 떨어졌고, 의심하는 면접관도 만났었다. 돈은 벌어야 했기에 방향을 전환해서 서비스업에 뛰어들었다. 어릴 적부터 아르바이트를 해서 그런지 그들은 나를 높이 샀고, 어린 나이에도 매니저라는 직책을 맡았다. 대면 서비스에서 표정을 숨기는 건 여간 힘든 일이 아니었다. 블랙 컨슈머라는 거창한 이름을 가졌지만 하는 행동은 비루한 좀생이들 때문이었다. 다 먹은 상태에서 정성이 없었다니, 음식이 늦게 나와 식었다니, 별 트집을 다 잡아서 할인해 주겠다니까 그냥 돈을 안 내겠다고 했다.

사실 음식의 육십 퍼센트를 먹은 고객은 돈을 내야 한다. 주방 셰프 오빠가 말했다. 정확히 어떤 법을 인용했는지는 모르겠는데 자기가 인천에서 하던 레스토랑에서 듣기론 소비자 보호법에 이런 게 있다고 했단다. 확실한지는 모르겠고, 그냥 음식을 다 먹고 나서 떼쓰는 사람들에게 돈이라도 받고 싶었다. 그래서 대표가 무슨 일이 있어도 할인도 싫고, 환불도 싫어하는 구두쇠라고 빌고 빌었다. 그러자 손님은 나에게 진정성이 느껴지지 않는다며 무릎을 꿇으라고 했다. 웃긴 건 주변 지인들도 그녀를 말리지 않았다. 마땅한 처우라고 느꼈는지 노려보기만 했고, 하는 수 없이 무릎을 꿇고 빌었다. 그날 집에 가면서 엄청나게 울었다. 모멸감이 어떤 감정인지 처음 깨달았고, 이렇게 힘들게 먹고사는데 내가 살날은 아직 한참이나 남았다는 게 속상했다.

그 뒤로 매장 서비스업에서 손뗐었다. 물론 돈도 많이 줬고, 열두 시간 서서 일하는 것도 불편하지 않았으며, 손님으로 미어터지면 시간이 어떻게 흘러가는지 모를 정도로 박 터지는 현장감을 사랑했다. 하지만 손님이 왕인 대한민국에서 동등한 대우를 받으며 일하기란 어려운 일이었고, 대표와 점장, 그리고 고객 사이어딘가에 끼어 있던 나는 항상 을이었다. 직원들을 상대로는 갑이라고 하고 싶은데 나이가 어린 탓에 얕보는 사람들도 많았다. 대표와 점장, 고객과 직원 사이에 긴 을이라고 하는 게 맞는 것같다.

그리고 나는 자처한 무직이 되었다. 백수로 살아가기엔 돈이 필요한 세상이었고, 돈 없이 살려면 절이라도 들어가야 하나 싶었다. 하지만 막상 술도 못 마시고, 고기도 못 먹고, 클럽도 못 다니는 생활은 상상할 수 없었다. 상상은 상상으로만 끝내고 회사를 알아보았다. 사무직에 정해진 시간만 일하고, 거지 같은 손님을 대면하지 않는 곳.

콜센터였다. 사원증까지 목에 걸어주는데 이게 뭐라고 기분이 좋더라. 진짜로 출근 석 달까지는 집에서부터 사원증을 걸고 출퇴근했다. 하물며 친구들과 술 마시는 자리에서도 목에 걸고 있었다. 내 몸의 일부라도 된 것처럼 불편함도 못 느꼈다. 회사는 마음에 들었다, 대면하지 않고 귀로 욕을 들으니 오히려 그쪽이 편했다. 부모님 욕부터 내 이름을 이년, 저년으로 칭하는 사람까지 다양했지만, 그날의 악성 소비자를 만난 이후 눈물 한 방울 나지 않았다. 무엇 때문인지 알 수 없으나 무언가 나를 강인하게 만들었다.

일에 매진하게 만들어 준 것은 성과급제였다. 콜을 당겨 받거나 (많이 수신하는 것을 당겨 받는다고 표현했습니다), 추가 근무하거나, 친절하다고 평가받으면 보너스를 주었다. 친절하다는 말을 듣기엔 너무 진정성 없게 사과해서 불가능했기에 추가 근무와 전화를 당겨 받아 돈을 챙겼다. 그 시기에 일을 하느라 바빠서 달에 두 번만 쉬고 나머지는 일했다. 그러나 노는 것은 놓치지 않았다. 퇴근하면 홍대로 넘어가 밤새 술 마시고, 남자와 있다가 집으로 돌아가고, 깨지 못한 정신으로 준비하고 회사에 갔다. 웃긴 건 9시 정각이 되기 전까지 죽겠다고 골골 소리를 냈는데, 정각이 되자마자 헤드셋을 끼고, 벨 소리가 울리면 세상에서 가장 선한 인간이 되었다. 돈 앞에서는 정말 모든 게 가능했다.

그 무렵에는 어쩌다 남자친구를 만들었다. 클럽에서 만나 술까지 사 줬는데 자상했다. 관계는 하지 않았다. 남자는 다음에 더 보고 싶어서 집에 보내는 거라고 말했다. 그 모습은 매력을 느끼기에 충분했다. 일식집에서 주방 일을 한다고 했고, 연남동 옥탑에 살았다. 월세인 줄 알았던 집은 전세였고, 나름 돈을 저축할 정도로 미래를 향한 희망도 품고 살았다.

그래서 연락을 주고받다가 이 남자를 만났다. 휴무 전날이면 그가 일하는 매장에 가서 친구들과 술을 먹었고, 마감쯤에 남자가 사는 집으로 갔다. 그리고 다음 날 그가 출근하기 전까지 침대에서 복작복작하게 떠들면서 놀다가 보내주었다. 혼자 남겨진 휴무에는 우렁각시처럼 반찬을 사다가 냉장고를 채우고, 밀린 설거지와 쓰레기를 정리했다. 거기다 이불까지 새로 사서 깔아 줬다. 스물셋 먹고 쓰는 누렇게 빛바랜 캐릭터 베개에 헤진 꽃무늬 이불이 마음에 들지 않았다.

길다면 길고, 짧다면 짧을 삼 개월 동안 서로 탐색하는 시간을 가졌다. 그때도 나는 술과 클럽을 놓지 못해 자주 밤을 오고 다녔고, 남자는 매장에서 바쁜 밤을 보냈다. 그래서 그가 걱정이 많았다, 자기를 만났을 때처럼 놀다가 다른 남자랑 같이 있을까 하는 상상을 했고, 그럴 일이 없게끔 연락도 자주 했지만 과한 속상함은 넘쳐흘러 다툼을 유발했다.

그때 새로이 시작하는 사랑의 종착이 여기까지라는 사실을 깨달았지만, 나는 내리고 싶지 않았다. 문은 계속 열려 있는데 발을 딛고 싶지 않았다. 그래서 그가 원하는 조건을 가진 여자가 되기로 마음먹었다. 클럽에 가지 않기 위해 클럽에서만 마주치던 지인들과 직원들을 모두 언팔로우 했다. 그래도 쉽게 놓지 못한 통제력은 휴대 전화 압수 수색으로 이어졌다. 놀면서 만난 지인들이 '뭐 하고 지내냐.', '요즘 왜 안 보이냐.', '연애하냐.' 근황에 관해 늘어놓는 것조차 싫어서 연락처를 지우고, 차단하고, 거의 육백 명이 넘던 친구들이 두 자릿수로 바뀌었다.

그를 만난 지 육 개월이 되었을 때는 정말 정직한 사람이 되었다. 출근하고, 퇴근하고, 집에 와서 밥 먹고, 쉬는 날에 그를 보러 가고, 만나는 친구들은 중·고등학교 때 알고 지낸 애들이 전부였다. 술은 오로지 밥집이나 고깃집에서 이루어졌다. 밥집이 아니면 남자들이 말을 걸거나 헌팅할 거라고 생각했나 보다.

청춘실종, 타살협의

그에게 맡긴 내 인생은 억지로 돌다리를 얹어가며 이어갔다. 웃긴 건 화려한 모습에 끌렸던 그가 이제는 평범해진 나를 너무나 사랑해 줬다는 거다. 그래서 생각해 본 적 없는, 그와 함께하는 미래를 그렸었다.

미래는 항상 그가 그렸고, 난 듣기만 했다. 그가 미래에 보인 집착은 사랑받지 못한 과거에서 비롯되었다고 했다. 그래서인지 미래에 거센 집착을 보였다. 그는 가정사를 물어도 알려주지 않고, 더 좋은 가정을 꾸릴 생각만 했다. 언뜻 듣기론 누나가 승무원이라는 말을 빼고 집이 잘산다고만 했지, 엄마나 아빠가 좋은 분인지 제대로 된 가정사를 뱉은 적이 없었다. 누구나 겪는 가정사가 있겠거니 싶었다. 반대로 그는 내가 겪어 온 가정사를 궁금해했다. 솔직히 우리 집 이야기를 하는 게 대수롭지 않아 자주 털어놓았지만, 주변 사람들은 내가 지내온 환경을 어떻게 위로해 줘야 하나 고민하며 침묵했다. 그래서 나는 그들을 대신해서 우리 집은 콩가루고, 삼류 막장 노선을 탄 곳이라 짤막한 평을 남기곤 했다. 그러다 보니 친구들에게 위로와 조언을 들으려고 한 적도 없었다. 남들이 겪지 못한 시간을 내가 먼저 겪었을 뿐이고, 과거이자 현재 진행 중인데 뭐 하러 위로 받고 사나. 사실 대출을 받게 된 원인 제공도 가정에 있었다.

중학교 때 시집살이를 견디지 못한 어머니가 집을 나가셨다. 추석을 앞둔 시점이었는데 정성이 없다고 밤새 만든 음식을 싱크대에 붓는 할머니에게 인내심이 한계를 보였다고 했다. 며칠 뒤 추석에는 친척들이 나를 불러서 엄마에게 가족이 있는지, 고향이 어딘지 호구 조사를 했다. 집안에서 제일 막내인 나보다 우리 엄마를 오래 봐왔을 고모들과 고모부까지. 엄마를 아는 사람은 없었다. 그저 하늘에 떨어진 고아로 알고 있었다.

아빠는 어른들 편을 들지 않았지만, 나를 감싸주지도 않았다. 말없이 담배만 태우셨다. 그 덕에 우리 가족에 대한 무리가 얼마나 경박하기 그지없는지 깨달았다. 엄마는 우리 집의 가장이셨고, 엄마의 빈자리를 아빠가 메우기엔 월급이 부족했다. 설상가상으로 아빠가 다니던 고모부 회사에서도 실직 당하셨다. 나이가 들었다는 이유였다.

아빠가 말하길 가장이 지닌 자존심은 굳세었단다. 그래서 실직 사실을 숨기고, 퇴직금을 회사 거래처 접대비로 쓰셨다. 기억하기론 퇴직 당시 대기업과 계약을 앞둔 상황이었기에 체결만 하면 복직하지 않을까 싶었다고 하셨다. 왜냐면 회사 대표가 고모부였다. 가족이니까, 가족이라서. 낡은 사상이 아빠를 퇴직금 탕진으로 이끌었다. 그대로 우리 집에는 독촉 고지서가 날아왔다.

자고 일어나면 물이 끊겼고, 전기도 안 들어오고, 가스도 안 들어왔다. 막 전역한 오빠는 집안 꼬락서니를 보고 자신이 다시 세우겠다며 야반도주했다. 성공해서 오겠다던 오빠는 청춘이 내민 대출이라는 벽에 갇혀서 본인 입을 풀칠하기도 힘들었다.

결국, 내가 일하는 방법 말고는 없었다. 왜냐하면, 가세가 기우는 것보다 다 떨어져 가는 할머니 약 때문에 어쩔 수 없었다. 약을 소진하면 할머니 병세가 나빠질 것 같았다.

학교가 끝나면 아르바이트를 하러 갔고, 친구들이 방과 후에 가던 노래방과 패스트푸드점이나 다른 학교 축제 사진과 영상을

SNS로 구경만 했다. 애들은 하루라도 놀자고 했지만, 같이 있으면서 나가는 돈에 내 시급을 더해서 생각하며 계산 놀음이나 하고 앉아 있었다. 별로 재미없는 학창 시절이었지만 시급 사천구백육십 원으로 한 달에 백만 원을 벌기도 했다. 그것도 학기 중이라고 하면 정말 대단한 거 아닌가? 이를 기점으로 원래도 신경 쓰지 않았던 학업을 완전히 놓았었다. 공부에 흥미를 느끼지도 못 했고, 미래를 구상하지도 않았다.

일찍이 겪은 사회는 독촉장 같았다. 전기세를 내면 가스가 끊겼고, 가스비를 내면 수도가 끊겼다. 수도를 내면 할머니 약이 동났고, 약값을 충당하면 휴대 전화 요금 고지서가 날아왔다. 밑 빠진 독에 물 붓기로 살았다. 그래서 스무 살이 되던 해에 나도 엄마와 오빠처럼 야반도주했다. 더는 집구석에서 살아갈 희망도 없었고, 나날이 심해지는 할머니의 치매에 내 정신까지 병들 거 같았다.

나가기 위해서는 돈이 필요했고, 친오빠가 대출받았던 은행을 소개해 줬다. 제이 금융권인데 전화로만 대출이 된다고 했다. 직장도 없이 아르바이트를 하고 있었는데 대출 승인되었다. 처음 받은 오백만 원이 그 증거였다.

나와 상담했던 직원은 심사 팀에서 재직 증명을 확인할 테니 편의점에 가서 음료 하나를 사 오라고 시켰다. 영수증을 꼭 지참하라고 했다. 나는 챙겨 온 영수증에 적힌 편의점 주소와 연락처를 읊었다. 출근할 때 담배를 사러 가던 곳이었는데 거기가 덜컥 내 직장이 되었다. 그 외에는 약관만 읊어줘서 내가 써야 하는 정보를 뭐라고 썼을지 모르겠다. 그래도 대출이 되었다. 무직자로 내몰린 스무 살에게 은행 돈은 세상에 아직 희망이 있다는 가치를 풍겼다.

그 돈으로 계약한 자취방이 내 첫 번째 집이자 흡연 구역이 되었다. 원 없이 담배를 피울 수 있어 좋았다. 하지만 매달 오는 변제 일자 문자로 현실은 돈이라는 걸 깨달았다. 내게 세상은 어린양 한 마리에게 울타리를 넘어가면 좋은 터전이 있다는 꼬드김이었다. 막상 넘어간 울타리 밖은 도축장이었고, 내 고운 양털을 깎아 냈다.

나같이 살아오던 친구도 봤었다. 그래도 꿈에 대한 열정이 커서 대학까지 갔더랬다. 하지만 돈을 갚을 여력이 없었고, 다음 학기 비용을 위해 그 친구는 자신의 살을 도축하도록 내놓았다.

말만 하는 토킹 바라는 거짓 상술에 채용을 희망했고, 머시깽이 같은 남자부터 짙은 스킨 냄새를 풍기는 아저씨들까지 상대하면서 돈을 벌었다고 했다. 그리고 그다음 학기가 넘어가는 겨울에는 오피스텔로 들어갔다고 했다. 사는 건 아니고, 거기서 돈을 번다고 했다. 그래도 많이 벌어서 좋다고 했다. 그 이후에는 그녀의 소식을 듣지 못 했는데… 어디 오피스텔이나 술집에 가면 볼 수 있으려나 종종 안부가 걱정되었다.

한편 우리 집은 남아 선호 사상과 가부장적 분위기가 심했고, 여자는 조신해야 한다는 규칙 속에 살아온 터라 부모 얼굴에 먹칠하지 말자는 생각이 박혀 있었다. 그래서 레스토랑이나 고객 센터를 전전하며 일했다. 근데 엄마 아빠 처지에는 먹칠이 되었나 보다. 친척들이 잘살고, 명문대에 대기업을 다니니까 내가 상담사라는 걸 숨겼다고 했다. 친척들은 이름도, 무슨 공부를 하는지도 모르지만, 그냥 대학 다니는 막냇동생으로 알고 있을 거다.

더는 엄마 아빠에게 준 실망을 밑까지 끌고 갈 수 없었다. 그래서 악착같이 일을 하고 노동의 대가로 그와 시간을 보냈었다. 그는 내 가정사를 듣고 잘 자라줘서 고맙다는 말만 남겼다. 솔직히 잘 자란 게 맞는가 하는 의문도 들었다. 부모와 할머니를 철천지원수로 여기고 도주한 불효에 해당할 텐데, 그래도 잘 자란 건가.

그런 환경을 가진 초라한 나를 품어 준 그에게 더 많은 사랑의 구실을 내놓아야 했다.

그가 느낀 나의 인과관계 청산은 사랑을 위한 퍼포먼스에 불과했다. 시간이 흘러 일 년 정도 만났을 때 그는 직장에 있는 남자 직원들에 관해 물어봤다. 항상 회사 얘기에 이름만 읊다 보니, 여자인지 남자인지 몰라서 물어봤을 거다. 죄다 여자인 고객센터에 남자 직원은 겨우 다섯 명이었고, 이것도 고객 센터치고 많은 거라고 했다. 팀장도 그중 한 명이었다. 남자 상담사가 희귀한 것보다 얼마나 귀한지는 일을 하면서 알게 되었다.

하루는 컴퓨터 부품이 불량이라는 고객에게 어떤 부분이 불량이었는지 상세히 말해 달라고 했더니, 나는 여자라 이런 걸 말해 줘도 모를 거라고 했다. 나 참… 조립식 컴퓨터도 직접 만져봤고, 프로그래밍도 배웠는데, 알지도 못하면서 나의 코를 짓눌렀다. 고객은 아는 용어를 다 읊고 나서야 나를 믿었다. 회원 정보가 아직도 기억난다, 나이가 오십 정도였고, 우리 아빠처럼 여자를 편협하게 대했다. 근데 편협이라고 하기도 모호한 게 내가 컴퓨터를 잘 알았던 거지, 이후에도 그 고객이 불량으로 고객 센터에 전화하면 다른 상담사들은 말귀를 알아먹지 못했다. 편협보다 취향 차이라고 표현하는 게 적절한 것 같다.

고객은 말이 안 통하는 답답함에 항상 나를 찾았고, 내가 쉬는 날에도 찾아 팀장님이 대신 전화를 받으신 적도 있었다. 다음 날 출근했을 때 고객은 내가 여자 직원인데도 지식이 많다고 칭찬을 엄청나게 늘어놓았고, 거기다 상사도 남자라서 편하게 상담했다고 장문의 소리문을 남겼다. 매일 아침 올라오는 고객의 소리에 우리 팀을 향한 칭찬이 이어져 다른 팀에서도 말이 돌 정도였다.

그것 말고도 일화가 많은데, 팀장님은 나에게 많이 기대셨다. 아버지가 중증 우울증으로 자살 시도를 하시기도 했고, 그 때문에 같이 살고 있는데 너무 힘들다던지. 오래 일해서 팀장이 되었지만 술도 못 마시고, 사회성도 부족해서, 다른 상급자들과 놀지도 못 하셨다. 그때는 10대 때부터 돈을 아끼고자 점심을 굶던 습관대로 늘 회사 근처 편의점 앞에 앉아서 담배를 피웠는데, 그 모임에 팀장님이 끼셨다. 내가 모임장이라면 팀장님은 모임원, 그렇게 두 명이었다.

점심으로 주어진 한 시간 동안 거의 반 갑을 피웠고, 니코틴으로 배를 채웠다. 그래서 남자친구는 늘 붙어 있는 팀장을 싫어했다. 나만 아는 사실로 팀장님은 양성애자였다. 원래 삼 년 된 여자 친구가 있었는데 우연히 만난 대학 동기이자 첫사랑인 그 때문에 이별했다고 들었다. 남자친구에게 말해 줬는데 그래도 싫다고 했다. 어찌 되었든 여자든 남자든 물불 안 가리고 만난다는 게 싫다는 건지, 남자라는 성별이 싫다는 건지, 알다가도 모를 일이었다.

그런 집착이 팀장님과 함께하는 니코틴 회담을 빠지게 했다. 남자친구 때문에 어쩔 수 없다고 말하면 팀장님도 이해한다면서 넘어가 주셨다. 남자친구의 욕망을 채우기 위해서 남자 직원들과 교우도 원천 차단했다. 원래도 대화를 주고받지 않았는데, 더 사라졌다. 사내 메신저도 훔쳐보는 바람에 여직원과도 섞이지 말라며 선을 그었다. 채워야 할 게이지가 높아질수록 나는 호흡하기 힘들어졌다. 같이 있어도 휴대 전화가 울리면 메시지를 보여 줘야 하는 상황이 오거나, 혹은 길을 걷다 지인을 만나지 않을까 우려되는 상상에 우리의 만남이 지쳐갔다.

놓으면 되는 걸 놓을 수도 없었다. 다시 겪게 될 공허함과 외로움이 치를 떨 정도로 싫었다. 때로는 불필요한 사생활 간섭에 화를 내면 손찌검을 하기도 했다. 이미 모든 걸 차단한 상태라 어느 곳에도 토로할 수 없었다. 남자친구는 정신이 돌아오면 나를 끌어안고 울었다. 자기가 잘못했다고 빌었는데 그 사과를 믿기보다 외롭게 남겨질 내가 미안하고 불쌍해서 그를 잡았다.

남자친구와 일 년 육 개월 정도 되었을 때는 그의 입대가 다가왔다. 원래 갔다 온 줄 알았는데 우울증 때문에 기피 대상으로 빠졌다가 나아져서 현역 판정을 받았다고 했다.

입대를 앞둔 무렵에는 매일 안겨 울었다. 자기를 두고 다른 사람을 만나라는 그와 너를 두고 누굴 만나냐는 나의 어이없는 눈물이었다. 서로를 절대적인 운명이라고 느꼈던 나는 그를 놓아줄 수 없었고, 입대하는 날 그의 가족들과 만나면서까지 서로 손을 놓지 않았다.

아버지는 벤츠를 몰고 오셨고, 차에 관심이 없어서 어떤 종인지는 몰랐다. 어머니는 옷깃을 모피로 메운 코트를 입으셨는데, 울 소재가 많이 들어가서 비싸 보였다. 누나는 텔레비전이나 항공사 팸플릿에서 봤을 법한 인자한 얼굴이었다. 실제로 승무원이라고 들었는데, 정말 딱 직업에 어울릴 정도로 단아하고, 예쁘셨다.

그를 보내고 나서 집에 가는 내내 눈물이 그치지 않아 연신 딸꾹질을 했다. 그리고 다음 날엔 일상생활로 돌아와 그에게 보내는 편지에 애정을 담았다.

자대 배치를 받은 시기에는 첫 면회가 잡혀 있었다. 그 소식에 기뻐서 입고 갈 옷을 주문하고 어떻게 하고 가야 할지 고민이 앞섰는데 나는 오지 말라고 했다. 이유는 어머님이 나를 싫어하신단다. 자기 집 분수에 안 맞는 사람을 만난다며 나를 그렇게 욕하신다고 했다. 거기서 많은 생각이 교차했는데, 그의 치솟는 집착이 더 많은 결심을 다지게 했다. 그는 연락을 자주 할 수 있게 되자 밤에 나가는 게 아니냐, 누구 만나는 사람 생긴 거 아니냐며 나를 몰아붙였다. 그래서 통화 목록과 사내 메신저를 비롯한 검색 내용 등을 캡처해 사지방에서 볼 수 있도록 SNS 메신저를 보내 놓았다.

그가 없는 생활에 익숙해진 나는 고통스러운 전화 업무에 남자친구의 집착까지 이어지자 불만이 봇물 터지듯 나왔다. 지칠 대로 지쳐 끝나는 연애가 이런 건가? 처음 겪었다. 나의 토로에 남자친구는 감싸주지는 못할망정 오히려 역정을 냈다. 그러게 진작에 클럽을 다니지 말았어야 했고, 남자를 만나고 다녔으면 안 되었다고 했다. 내가 잘못이고, 우리 만남의 주범도 나였다고 말했다.

하염없이 듣는 와중에 그가 헤어지자고 했다. 싸울 때마다 이별을 선언하는 쪽은 그였고, 나는 진심이 아니면 헤어지자는 말을 꺼낸 적이 한 번도 없었다. 나의 연애 주의는 그랬다. 남자친구의 통제권을 상실한 말에 나는 대어를 낚은 낚시꾼처럼 순응하고 통화를 끊었다. 혹여나 그가 다시 만나자고 태세를 전환할까 두려웠던 점도 컸다. 그래서 곧바로 통화를 끊었었다.

웃긴 건 육 개월이 넘도록 그가 꼬박꼬박 전화했다. 본인 번호가 차단당한 걸 알아서 공중전화나 친구들 휴대 전화로 거는 등 온갖 수를 쓰며 나를 찾아다녔다. 나를 싫어하던 그의 어머님과 누나에게도 연락이 왔다. 자기 아들이(동생이) 힘들어하니까 다시 만나 줄 수 없냐고 물었다. 분수에 안 맞는 사람이라 내쫓을 땐 언제고, 이제 와서 도움을 요청하는 모양새가 가증스러웠다. 이미 그가 없는 생활에 익숙해진 나는 사흘을 밤새 울고 이별을 덮었다. 그렇게 울고 나니 거짓말처럼 더는 눈물도 안 났고, 슬프지도 않았다. 어쩌면 나의 마음은 예전부터 붕 떠나 있던 상태였는지도 모른다.

솔로가 되자 재개된 니코틴 회담은 팀장님의 애인이 주된 소재였다. 남자를 만나든 여자를 만나든 다 똑같은 사랑이라고 느꼈던 나는 성별에 따른 차별이 없었다. 팀장님도 그런 내 성격을 눈치챈 듯 남자친구와 다툰 얘기를 종종 해주었는데, 정말 나의 연애와 다를 바가 없었다. 치약 짜는 거 때문에 싸우거나 밥 먹고 물에 담가 두지 않아 싸우거나 여느 커플과 다를 게 없었다.

시시콜콜한 일상으로 돌아온 나는 여전히 밤을 사랑했고, 귀환했다.

맨날 술을 먹고 좋지 않은 몰골로 출근했고, 팀장님은 낄낄 비웃으며 술 좀 적당히 먹고 다니라고 했는데, 나는 항상 청춘을 낭비하는 걸 1,440분의 1도 두고 볼 수 없다고 했다. 그때는 남자를 만나도 연애에 지친 탓에 관계는 하지 않았다. 연락처만 주고받고 심심풀이로 때우는 메신저 친구로 전락했다. 남자를 다루는 법을 아무래도 여기서 알게 된 것 같다. 간혹 여자친구가 생기면 나를 차단하는 놈들도 있어 괘씸할 때도 있었는데 그걸 빼면 즐거웠다.

일상에 흥미를 느끼기 시작한 와중에 부고를 접했다.

남자친구가 휴가를 나와 자살했다고 들었다. 부대에서든 집에서든 주변 사람들에게 손해를 끼치기 싫어 휴가를 나와 홀로 죽음을 택한 듯싶었다. 그 소식은 그의 단짝 친구에게 전해 들었다. 연애 초반, 정말 사랑하는 사람이라 느끼면(영원한 미래를 빙자해) 이 친구를 소개해 주고 싶었다고 들었다.

그가 나에게 금주령을 내렸던 시기였고, 셋이 만났을 때는 소주를 시켰고, 예상했던 대로 잔이 머릿수에 맞춰 나왔다. 그래서 그는 사이다를 시켰었다. 셋이 술을 먹다 친구와 내가 눈이 맞을까 겁나서 그랬다고 했다. 친구에게 소개해 줄 정도로 나와 영원을 바랐지만… 그의 의심은 친구든, 연인이든, 한 치도 용납할 수 없더랬다.

나중에 친구들이 "그게 가스라이팅이다.", "의처증이다.", "의부증이다."라고 해서 알게 되었다. 그런 병이 있는 줄 몰랐다. 어디

마음 둘 곳 하나 없던 남자친구는 결국 마지막을 택했다. 만나 달라고 그렇게 노래를 부르더니 이렇게 만나게 될 줄은 몰랐다.

장례식장에 들어서자 어머님과 누나분의 안 좋은 눈초리를 받았다. 부조금을 내고, 절을 하고 황급히 빠져나왔다. 그들은 내가 살인자로 보였을 거다. 반대로 우리 부모님이 보시기에는 그가 내게 일 년 육 개월 동안 행한 데이트 폭력에 나 또한 피해자로 보이지 않으셨을까, '과연 정당한 연애는 무엇일까.' 하는 생각이 들었다.

남자친구가 떠나고 나서는 일이 손에 잡히지 않았다. 엎친 데 덮친 격으로 회사에 팀장님의 정체성이 퍼졌다. 너무 파다하게 퍼져서 아래층에 있는 다른 도급사까지 알게 되었다. 팀장님은 나를 의심하지 않았다, 내가 주변 사람들에게 타인을 품평하는 말을 하지 않는다는 사실을 너무나 잘 알고 계셨다. 팀장님은 그런 환경 속에도 아무렇지 않게 출근하셨다. 그리고 한 달 정도 지나 항상 똑같이 퇴근한 다음 날, 팀장님 자리에 다른 분이 계셨다. 괜찮은 척 버티던 사람이 실장님께 사직서를 냈단다. 그리고 마지막 날이 어제였다.

새롭게 오신 팀장님은 여자분이었고, 상냥했는데 내 동기가 가끔 실수해서 상급자 통화를 할 때 고객이 내뿜는 원성을 감정으로 갚아 주었다. 그런 거 빼면 괜찮았다. 술도 자주 사 줘서 엄마 같은 느낌이 좋았다. 그래도 편하게 얘기 나누던 팀장님보다는 편하지 않았다. 문득 사랑을 위해 직장을 놓은 팀장님께 묻고 싶었다. 사랑과 사회가 바라는 정당성이 무엇인지 궁금했다. 마지막인 걸 알았다면 물었을 텐데.

청춘실종, 타살협의

공생을 위한 가면

2

나는 더 이상 지나치게 일하지 않았다. 회사에서 의지하던 사람도 떠났고, 추억으로 남길 남자친구는 별이 되었으니 기댈 곳 하나 없이 스스로 보듬어야 했다. 나를 사랑해야 살 수 있었고, 그러려면 휴식을 취해야 했다.

그래서 적당히 일하고, 적당히 챙겼다.

잡음처럼 들리던 외로움은 술을 마시게 만들었고, 시끄러운 클럽 음악에 고막이 멀 정도로 기대었다. 연애는 할 수 없었다. 치가 떨릴 정도로 찾아오던 설렘은 처연한 이별이 될까 무서웠다. 밤을 즐기는 빈도를 줄여 휴무 전날과 당일 이렇게 두 번만 놀러 다녔다.

회사에서는 항상 아무렇지 않은 척 지냈다. 누군가 인사하거나 말을 걸면 상냥한 웃음을 띠었고, 없는 살림에 휴대폰 소액결제까지 하면서 옷을 샀다. 투피스는 깔끔한 직장인이 라는 인상을 주기 쉬웠다. 회사에서 잡음 없이 지내는 모습은 적당한 '인간'이 라는 가면을 씌우기 좋았다.

늘 같은 시간, 새벽 네 시에 일어나서 씻고, 화장하고, 머리를 손질했다. 종종 자라난 털을 밀었고, 팩도 빼놓지 않고 했다. 가면을 유지하기 위해서는 피곤한 관리가 뒤따랐다. 출퇴근할 적에는 읽을 책을 항상 들고 다녔고, 다자이 오사무를 좋아했다. 『인간실격』 속 요조가 나보다 더 서글픈 인생을 사는 거 같아 위로되었다. 그는 가면 속 지친 나를 감싸주는 유일한 탈출구였다.

적당한 관계를 유지하고, 적당히 즐길 줄 아는 사람이 되었을 땐 스물하고 다섯을 바라봤다. 벌써 이십 대 중반이 된 나는 예전처럼 철없는 모습을 보일 수 없었다. 그래도 청춘을 향한 갈망은 지울 수 없었다. 회사를 마치고 집에 오면 스트릿한 옷으로 갈아입고 밤거리로 나섰다. 그러다 클럽에서 친해진 애들과 같이 다녔다. 그들과 돈을 모아 술을 마셨고, 하루살이처럼 사는 애들을 동경했더랬다. 자유로운 어린 양들은 누군 재랑 잤고, 애는 재랑 잤다며… 쾌락의 위험성에 젖어 아슬아슬한 줄타기를 했었다. 나는 그들과 관계를 맺지 않았다. 다만 안정적인 직장인이 가진 통장 덕분에 애들과 껴서 놀 수 있었다. 내가 제일 많이 지출할 정도로 애들에게 좋은 목장이 되었다.

이상형도 달라졌다. 댄디한 분위기에 비교적 나이가 많고, 배울 점이 있기를 바랐다. 그러기에 클럽은 적합한 장소가 아니었다. 그런데도 그런 사람과 하루를 보내고 싶었다. 가냘픈 청춘에 득이 되든 실이 되든 이상형과 보내는 하루는 황홀할 거라 느꼈다.

돈없이 청춘을 즐기려던 그들과 관계를 유지하기 위해서는 나의 금전이 필요했고, 그들 속에서 가면을 유지하느라 하도 많은 돈을 써서 월세를 두 달이나 밀렸었다. 성실한 이미지와 다르게 살림 하나 지키지 못하는 내면을 가지게 되었다. 그때 집주인은 다음 달까지 내달라고 요구했는데, 당장 필요한 돈을 구해 올수 없었고, 은행에서도 무리한 대출 때문에 추가 대출이 불가능했다. 묘책 하나 떠오르지 않는 나에게 아빠가 연락했다.

"잘 지내냐."
"뭐, 그럭저럭이요."

"밥은 챙겨 먹었고?"
"그냥… 왜 전화하셨어요?"

"할머니가 많이 위독하셔, 정신도 예전보다 많이 오락가락하시고, 바쁘더라도 한번 뵈러 오라고 전화했다."

할머니는 나를 갓난아기일 때부터 키우셨다. 엄밀히 말하면 엄마, 아빠보다 할머니와 유대가 더 깊었다. 내가 네 살인가 세 살때부터 엄마가 일하셨으니까, 할머니가 나를 키웠다고 보면 된다. 할머니는 내가 초등학교 저학년 때 치매 판정을 받으셨다. 그때까진 할머니 상태가 심하지 않아서 기억을 잃는 병 정도로만 알고 있었다. 중학교에 진학하고 엄마가 집을 나갔을 때, 할머니는 반쯤 정신을 놓으셨다.

아르바이트를 가기 위해 화장할 때면 몸 팔러 가냐는 말을 서슴없이 하셨고, 엄마와 닮았다는 이유로 때리거나 화내시는 일도 많았다. 야반도주를 하게 된 계기 중 하나는 할머니에게 있었다. 그러나 오래도록 곁에 있던 기억 때문인지 할머니를 향한 걱정은 항상 어딘가 깊이 자리 잡혀 있었다. 아빠의 연락은 월세를 보증금으로 메꾸고 지출을 아낄 기회라고 들렸다. 아빠에게는 그렇게 원하시니, 집으로 들어가겠다는 태도를 보이며 이사했다. 집주인에게는 밀린 월세를 보증금에서 빼달라며 사과를 하고 방을 뺐다.

그렇게 보증금 오백만 원이 반 토막이 되어 돌아왔다.

돌아간 집에는 할머니와 요양사분이 계셨다. 정부 지원을 받아 오신 분이라고 했다. 할머니는 내가 고등학교를 다닐 무렵에 파킨슨 진단을 받으셨는데 몸이 많이 굳어가고 계셨다. 예전과 다르게 온순해진 눈으로 소녀같이 웃고 계신 할머니를 보고 있자니 눈물이 핑 돌았다. 나이가 뭐라고 늙어가게만 하지, 아프게 하는 건 도덕적이지 못하다는 생각이 들어 신이 있거든 혼내 주고 싶었다.

한편 인생은 인과응보라고, 엄마를 못살게 굴던 할머니는 고령이라는 벼슬에 혼자 몸도 못 가누는 엄벌을 받은 것 같았다. 나는 어릴 적부터 반강제로 살림을 배워 집안일을 대신했는데, 할머니가 살림을 못하셨기 때문이었다. 내가 태어나기 전에 집이 잘살때는 식모도 있었다고 들었다. 그래서 할머니는 나이가 먹도록 요양사가 차려주는 밥이 아니면 혼자 라면을 끓여 드시는 게 전부였다. 할머니는 지독한 집안의 어른이자 남아 선호 사상이 심하게 깃든 사람이었다. 그래서 오빠는 사랑받았고, 나는 구박을 받았다. 가장 큰 요인은 엄마를 닮았다는 것이고, 제정신으로 돌아오시면 작은 고모를 닮은 내가 안쓰러워 가엾게 보기도 하셨다. 나에게 비춘 감정에 사랑은 없었다. 그리고 가끔 회상에 젖는 할머니의 뇌는 번듯하게 살던 시절을 그리워하셨다. 과거를 어제 있었던 일처럼 꺼내서 얘기하셨고, 혼잣말로 중얼거리는 일도 빈번했다. 할머니는 버스와 지하철을 타지 않으셨고, 학생 시절부터 병원에 모실 때면 모범택시를 불러야 했다. 할머니를 진찰하던 의사 선생님들은 전공의에서 전 임원장이 되었고, 연봉이 올라 예약하기도 까다로웠다. 그래도 할머니는 그분들이 아니면 몸을 맡기지 않으셨고, 요양사와 가끔 방문하는 고모들에게도 몸을 맡기지 않으셨다. 엄마가 그랬던 것처럼 내가 씻겨 드려야 옷을 벗으셨고, 용변도 치워 드려야 눕곤 하셨다. 할머니는 엄마와 나를 식모 같은 존재로 여기셨다. 집에 돌아왔지만 할머니의 병시중은 여전히 나의 몫이었고, 요양사는 가정부처럼 취급하셨다.

그때쯤 다니던 회사를 그만두고 이직을 준비하고 있었다. 집에서 온종일 누워 있다 밤이 되면 밖으로 나가 놀았다. 삼백만 원의 보증금은 아빠가 알지도 못하니 그 돈으로 평상시 못 먹던 비싼 술을 사 먹었다. 자유로운 양 떼는 나에게 환희를 보냈고, 보증금은 일주일도 안돼서 사십만 원으로 줄었다. 그제야 가면을 유지하기 힘듦을 깨닫고, 직장을 구하기 시작했다.

몇 년 사이에 직장을 여러 번 옮긴 나의 이력서는 스물두 살에 멈춰 있었다. 이는 오래살지 않겠다고 다짐했던 그때와 다르게 어떻게든 삶을 이어가고자 했던 현재와 괴리감이 느껴져서였다. 무엇보다 철없이 살던 건 똑같아서 스물두 살에 이력서와 현재의 이력서가 그대로 멈춰있는 건 같은 맥락이었다. 이력서를 다시 정리하다 보니 스무 살 때 늘어놓던 술버릇이 떠올랐다. 그때는 항상 스물다섯이 되면 죽겠다고 발버둥을 쳤었더랬다. 한때 섹스 피스톨즈의 시드 비셔스에 빠져 남들보다 늦은 사춘기를 보냈던 것 같다. 그래서 친구들과 술만 마시면 스물다섯엔 세상을 떠나 있을 테니, 육개장을 먹으러 오라고 했었다. 나는 육개장보다 설렁탕을 좋아했기에 특별히 장미꽃을 갖고(옛날부터 붉은 장미꽃을 좋아했다) 오는 친구들에게는 설렁탕을 주겠다는 말도 안되는 주정도 늘어놓았다. 아빠와 닮은 성격이 싫었다. 그래서 나이가 들면 아빠처럼 안 좋은 술버릇이 생길 거라는 생각이 들었다. 아빠는 술만 취하면 화를 참지 못하고 할머니나 엄마와 싸우셨고, 자고 일어나면 천장에 김치가 눌어붙은 게 반찬 통을 던지는 아빠가 그려졌고, 방문이 찌그러져 있으면 문을 부쉈다는 의미였고, 이불자락에 피가 묻어 있으면 어디서 엎어졌거나 누군가와 싸우고 들어왔음을 짐작했다. 오십을 바라보셨던 아빠는 정말 철없는 중년이었다. 반대로 생각하면 스무 살부터 그런 소리를 읊는 나도 아빠와 다를 바 없다고 느꼈다. 그래도 부정하고 싶었다.

더군다나 유전적으로 많은 요인을 닮은 나는 아빠와 같은 인생을 살고 싶지 않았고, 좋은 부모가 되지 못할 거라고 생각했다. 닮고 싶지 않은 아빠의 모습과 동경하는 시드 비셔스를 비교한 것 같다. 그래서 불타오르는 사랑을 하고, 소멸 직전에 목숨을 끊고 싶었다. 어쩌면 시드 비셔스보다 그의 연인인 낸시가 되고 싶었던 걸지도 모른다. 소멸 직전까지 끌고 가는 연인을 만나서 그가 내 숨통을 끊어 주길 바랐었다. 혼자 끊기에는 무서움이 뒤따랐고, 그럴 수 없어 낸시가 되고 싶었을 거다. 하지만 이미 죽어버린 연인이 선수 쳐 나를 시드로 만들었고, 그는 낸시가 되었다. 나는 여전히 시드 비셔스의 청춘에 빗대어 살아가는 어리석은 나이였다. 하지만 스물 다섯이 되면 죽겠다고, 삶에 미련이 없다며 고래고래 아우성치던 나는 가면을 쓴 채 죽기 살기로 살아가고 있었으니 아이러니했다. 그래서 다음 직장은 조금 더 편하게 지내길 바랐다. 어쩌면 미래를 생각할 곳을 원한 건지도 모르겠다. 이번에는 시드가 아닌 직장이라는 틀 속에서 내 삶을 정의하고자 했다.

지금껏 다닌 고객 센터처럼 상담사만 득실거리는 회사는 싫었다. 그렇게 찾은 방향은 스타트업 회사였다. 압구정에 있던 건물이었고, 일 층에는 테라스와 사내 카페가 있어서 정말 꿈에 그리던 직장이었다. 나중에 들은 말인데 대표님과 이사님은 여기저기 옮겨 다니는 내 이력서가 마음에 들지 않아 뽑을 생각이 없었단다. 근데 처음 면접을 봐주었던 상사이자 언니 같은 그분이 나를 좋게 봐주어 뽑혔다. 작은 회사라서 상담사는 언니와 나 둘뿐이었고, 다른 분들은 MD를 하시거나 디자이너를 맡고 있었다.

　전처럼 초과 근무와 야근도 없었고, 월급 액수를 빼면 마음에 들었다. 여기도 전부 여자로 이루어진 회사였는데, 서로 사이가 좋았다. 너도나도 막내인 나를 챙겨 줬고, 뒤에서 오가는 말도 없어 마음 편히 다녔다. 그러다 보니 나를 안 좋게 보던 이사님과 대표님을 뒤로 하더라도 실장님께는 인정받고 싶었다.

　더 이상 하루살이 양 떼를 만나지 않았고, 집에서 낡아 떨어진 노트북을 붙잡고 엑셀을 공부하며 데이터를 추출해서 정리하는 폼을 만들었다. 많은 아이디어를 떠올려 상담 팀이 개선하면 좋을 점을 고민했다. 내 아이디어는 언니에게 많은 도움이 되었고, 그에 따른 보상으로 상사들에게 입이 마르도록 나를 칭찬했다.

　덕분에 다음 해에는 연봉을 더 높게 불렀는데, 회사에서 승낙해 주었다. 그 정도 열정이라면 값어치가 된다는 뜻으로 여겼다.

　내 몸값은 이백삼십만 원이었다. 그전에 비교하면 이십만 원이나 올랐고, 스무 살에 비하면 백 이십만 원이 올랐다. 시급이 아닌 연봉으로 값이 매겨지기 시작했을 때는 고등학교 졸업을 앞뒀을 무렵이다. 선생님이 주신 조언으로 졸업생이 차린 회사에 잠깐 취업했었다. 대표를 포함한 모든 영업 사원이 같은 학교 동창이었고, 친구처럼 직장 생활을 하셔서 뭐만 하면 안 나오기 일쑤였다.

연봉과 월급에 대해 가늠할 수 없던 나는 백십만 원을 받고 일했다. 그래도 공부했던 디자인 일을 해서 좋았다. 대리님이 이유 없는 트집을 잡아도 괜찮았고, 과장님이 열아홉인 나에게 술을 권해도 괜찮았다.

대신 아빠가 싫어했다. 그때도 아빠는 무직이셨고 할머니 눈치로 밤늦게 일어나 첫 끼니를 해결하시곤 했다. 방구석에서 온종일 영화만 보실 정도로 무책임했던 아버지는 돈도 안 되는 일을 하지 말고, 돈이 되는 일을 하라고 말씀하셨다. 아빠는 예전 연봉만큼 주는 회사가 아니면 못 가겠다고 하셨다. 그 말을 이해했지만, 이해하지 않으려 했다. 이제 막 미성년자라는 알을 깨고 나온 나의 몸값도 백만 원이 겨우 되는데, 오십 중반을 바라보는 아빠와 같은 연봉을 받을 리가 만무했다. 여전히 철없는 고집을 부리던 아빠가 나와 닮아 보여 모르는 체했다. 다행히 몇 년 만에 현실을 깨달은 아빠는 지방에 있는 마트에 취직하셨다. 그래서 어쩌다 서울에 오실 때를 제외하곤 항상 지방에서 머무셨다.

무슨 일을 하는지 얼핏 들은 바로는 생선을 팔기도 하고, 재고 정리도 했다고 들었다. 이후에는 아빠가 마이크로 오피스 첫 세대라 그런지, 능숙한 엑셀 사용과 데이터 문서화 작업을 눈여겨본 본사 바이저가 다른 지점 오픈에 매출 관리를 맡아보면 어떨지 물어봤다고 했다. 기회를 놓칠 리 없는 아빠는 청주까지 내려가셨다. 솔직히 서울에서만 살아 청주가 얼마나 먼 거리인지 가늠이 안 갔다. 주변 사람들이 되게 멀리 계시네 해서 그런가 보다 싶었다.

근래 들어 아빠의 무능력한 모습은 온데간데없이 돈을 버셨고, 빚도 갚고 계셨다. 나중에 안 사실이 엄마가 더 큰 집에 살고 싶어 천만 원을 대출받았으나 상환하지 못해 아빠에게 넘어갔다고 들었다. 엄마 아빠는 별거한 지 십여 년이 지났지만, 법률상 혼인 관계라 배우자가 갚지 못한 돈이 다른 배우자에게 넘어가는 건 당연했다. 이혼해서 법정 분쟁을 일으키기엔 돈이 없었다. 엄마는 버는 족족 생계를 위해 쓰던 사람이었고, 집을 나가서는 본인을 위한 지출도 늘어 항상 돈이 없다고 하셨다. 그래서 입시 때 아무런 도움을 받을 수 없었다. 수시와 수능 원서를 낼 돈도 없어 엄마에게 돈을 꾸려고 하니 적금을 깬 돈으로 생활하고 있어 힘들다고 들었다. 오빠는 자신의 보험을 깨서 힘들게 살고 있었다. 그래서 대학 문턱에 발 한번 걸치지 못하고 취업을 했다.

엄마는 내가 고등학교 2학년일 무렵 우리 집 대출금을 전액 상환하셨다. 능력이 부족하지 않다는 걸 알았지만 엄마가 천만 원을 못 갚으신 이유도, 아빠가 대신 갚는 이유도 묻지 않았다. 그냥 우리 집 식구들이 저축할 줄 모른다고 생각했다. 무작정 찾은 동사무소와 구청에선 엄마의 수입이 기초 생활 수급자로 채택할 수 없는 수준이라고 했고, 법률혼 관계라 한 부모 정책을 적용할 수도 없었다. 나라의 사각지대에서 보호받지 못한 나는 하루빨리 사회에서 일하는 게 연명하는 길이라는 걸 깨달았다.

아빠에게 내 생각을 말하진 않았다. 십여 년 동안 나를 사이에 두고 서로 탓하는 가족들 때문에 바닥난 실망감을 파헤쳐 구덩이로 만들고 싶지 않았다. 때로는 침묵이 좋은 약이라고. 나는 아무 말 하지 않고 그저 가면 속에 숨겨 놓았다.

　그렇게 성실이라는 가면을 쓰고 오랫동안 그 회사에 다녔다. 일 년은 족히 넘겼고, 회사는 급속도로 성장해 고객들의 문의가 넘쳐났다. 주말을 지나 월요일이면 총 천여 건이 넘는 문의 글에 혼자 답변 남기기도 벅찼다. 언니는 인력 충원을 요청했고, 나이가 많은 언니가 들어왔다. 그 언니는 상사보다 조금 어렸는데 결혼을 일찍 해서 애가 둘이나 있었다. 이사님과 실장님은 좋은 사람 같아 급한 대로 뽑았는데 이런 아줌마는 처음 뽑아 봤다고 들었다. 인상으로 사람을 판별하면 안 되지만, 임원들은 굳센 엄마 이미지가 스타트업 회사에 걸맞지 않다는 인식이 있었다. 그럴 때 보면 참 배울 점이 없는 어른들이 있다는 걸 느꼈다.

　별 기대를 하지 않고 본 인상은 정말 아줌마 같았다. 덩치도 있고, 질끈 묶은 머리에 목소리는 동네 카페 엄마들 모임에서 들어봤을 법한 친근함이 돌았다. 그리고 기억력이 약하셨다. 알려드린 걸 자주 까먹고, 다시 알려주면 귀찮음과 동시에 화가 났지만 내지 않았다. 이미 어른들에게서 배울 점이 없다는 걸 느꼈던 나는 그들과 같은 사람이 되기 싫었다. 참고 인내하는 법을 배우는 계기가 되었다. 다행히도 언니는 일한 지 삼 개월이 지났을 적엔 수월하게 업무를 보셨다.

　덕분에 집에서 폼을 만들거나 잔업을 하는 일이 없어졌다. 그렇게 퇴근하고 나면 예전처럼 놀러 나가지 않고, 집에만 있었다. 그도 그럴 것이 할머니는 오후 여섯 시가 되면 잠자리에 드셨다. 나이가 들면 아침잠이 없어지고 밤잠이 늘어난다고 들었는데, 너무 일찍 주무시는 탓에 나도 취침을 하거나 밤새도록 쏘다녀야 했다. 할머니의 병세는 기억 감퇴에서 망상으로 이어졌다. 고모가 자신을 죽이려고 살인 청부업자를 심어 두었다고 하셨고, 길을 걷다 행인을 붙잡고 청부업자라며 난리를 피우시는 바람에 경찰서와 파출소를 들락거리는 일이 허다했다. 할머니는 정신이 점점 불안해지셨고, 현관문에 잠금장치를 세 개나 설치하셨다. 밤에 나갔다 돌아오면 못 들어가는 날이 많았다. 그래서 외출을 자제하기 시작했다. 집에 돌아가지 못해 외박한 티가 나는 내 모습이 싫었다. 가면을 유지하지 못하면 어쩌나 싶은 불안감이 발목을 잡아 집에만 머물렀다. 돌이켜 보면 나도 할머니와 다를 바 없었다.

그런데도 할머니와 나의 불안이 다르다고 선을 그은 것은 복용하는 약물이 있는지, 없는지에 따라 나뉘었다. 할머니는 옛날부터 졸피뎀을 복용하셨는데, 잠결에 일어나면 당신이 잠에서 깼다고 느끼셔서 졸피뎀을 더 드시곤 했다. 복용량이 늘자 몽유병 환자처럼 집안을 돌아다니셨다. 하루는 경찰서에서 연락을 받았는데 할머니가 새벽부터 속옷 차림으로 반포대교를 거닐고 계셨더랬다. 다행히 지나가던 시민의 신고로 경찰이 할머니를 발견했고, 혹시 모를 상황을 대비해 보호자로 등록한 내 연락처가 빛을 발했다.

정신이 돌아오신 할머니는 영문도 모르는 표정으로 계셨다.

자주 들락거리는 바람에 경찰서와 파출소 내부에 무엇이 있는지 낱낱이 알게 되었다. 사실 엄마에게 귀에 딱지가 앉도록 들은 소리가 있었다. 경찰서와 병원 문턱은 자주 넘으면 안 된다는 얘기였다. 위험하고 안 좋은 일에 연루되지 말라는 뜻이었다. 그

래서 되도록 사건에 휘말리지 않으려고 했고, 별이 된 남자친구가
퍼붓던 폭언과 폭력에도 침묵을 택했었다. 혹여나 남자친구 인생
에 안 좋은 영향을 끼칠까 그랬고, 나 또한 연애 문제로 부모님을
경찰서로 소환시키고 싶지 않았다. 하지만 그게 되려 안 좋은
결과를 만들 줄 몰랐다.

　여느 날처럼 아침에 일어나 출근 준비를 하는데 할머니가 뭐라
고 하셨다, 정확히는 기억이 나지 않는다. 중얼거리는 소리를 자
주 들었던 탓에 별 감흥도 없었다. 그러자 본인을 무시하냐며
고함을 지르시곤 내 머리채를 잡아 뜯었다. 가슴도 쥐어 잡고
뜯는 탓에 겉옷부터 속옷까지 망가졌고, 나를 방어하고자 할머니
를 떼어 냈다. 그대로 할머니는 중심을 잡지 못해 고꾸라지셨다.
당황해서 할머니를 잡아 일으키려 했지만 일어나지 않고 아이처
럼 우셨다. 자기를 때렸다니, 뭐라니 하시더니 하도 울어서 윗집
이웃이 신고했나 보다.

　나는 그런 줄 모르고 짐을 챙겨 회사로 부리나케 도망갔다.
어깨에는 뜯긴 머리카락이 난무했지만 아무렇지 않은 척 일했다.
회사에서 나의 가정사를 아는 이가 생기지 않길 바랐다. 가면
뒤에 숨긴 들추고 싶지 않은 내면이었다.

　그로부터 며칠 뒤에 경찰에게 연락이 왔다, 존속 폭행죄로 수사
를 받으러 오라고 했다. 나는 할머니가 뭐라고 말씀하셨는지 계속
물었는데, 내가 잘못했다고만 하셨다. 온전치 못한 할머니를 붙잡
고 내가 무슨 말을 하나 싶었다. 그래서 수사관을 만나러 갔다.
할머니의 온전치 못한 정신과 상황을 설명하면 참작되지 않을까
싶었다. 그는 할머니께 이런 일을 하면 되냐, 어르신이 무슨 잘못

이냐 하셨는데… 정말 내 편이 되어주지 않겠다는 생각이 들었고, 그가 늘어놓는 말에는 실낱 같던 희망도 모조리 짓눌려 버렸다.

하는 수 없이 아침에 벌인 말다툼이 몸싸움으로 번졌다는 변명 아닌 변명을 택했다. 내 진술이 바라던 답이었는지 수사관은 더 이상 떠들지 않았다. 어떤 결과가 나올지 모르지만, 초범이라 벌금형에 처할 수도 있다는 귀띔을 받았다. 이 소식을 아빠에게 전했을 때는 할머니께 싹싹 빌라고 하셨다. 하지만 도대체 뭘 잘못한 건지 몰라 선뜻 사과가 나오지 않았다.

한 달여가 지나 공판에 참석하라는 우편물이 날아왔다. 할머니와 나는 같이 살았기에 두 우편물 모두 한 집으로 배달되었다. 요양사를 통해 내용을 들은 할머니는 받아 뒀던 수사관 명함으로 전화했다. 그리곤 자기 손녀는 잘못이 없고, 다 잘못 키운 내 탓이니 그러지 말아 달라고 사정하면서 빌었다고 들었다. 경찰은 현장에서 고소 고발을 원하셨으니 철회하려면 서로 와서 서류를 작성해야 한다고 했다.

그놈의 법칙이 뭔지… 쓴소리가 절로 나왔다. 더군다나 할머니는 글자를 쓸 줄 모르셨고, 거동이 어려워 경찰서에 갈 수도 없었다. 현장 진술로만 접수된 고발이 이렇게까지 큰 화를 불러일으킬 줄 모르셨던 거다. 근데 이제는 할머니 심정 이해할 수가 있다. 본질적으로 나를 미워하셨는지 알 수 없지만, 그냥 상황이 이해됐다. 공판일이 다가왔지만, 심사만 진행하는 절차라 법원에 갈 필요가 없다고 들었다. 그래서 아무렇지 않게 잊어버렸다. 떠올리고 싶지도 않았고, 주변 사람들이 알았다간 가면이 뜯기는 것과 다를 바가 없어 숨기기에 바빴다.

결과가 어떻게 되든 이 일을 계기로 나는 할머니와 살 수 없었다. 일 년여간 모아둔 돈으로 아버지에게 출가를 선언했다. 아버지는 묵묵히 알겠다고 하셨지만 내가 구하려는 집마다 잔소리를 늘어놓으셨다, 이 집도 안 되고, 저 집도 안 된다고 했다. 솔직한 입장을 털어놓지 못하셨지만, 딸내미를 다시 밖으로 내보낼 수 없었나 보다. 아빠는 엄마가 집을 나가고 나서도 이랬다, 엄마 회사 주차장에서 몇 날을 기다리셨다고 들었다. 엄마가 집에 돌아오길 바라셨을 거다. 엄마의 요구 조건은 딱 한 가지였다. 그렇게 어렵지도, 까다롭지도 않았다.

할머니가 요양원에 들어가시면 집으로 돌아오겠다. 그리고 돌아온 아빠의 답은 가부장적인 원칙이었다.

'조부모가 있어야 부모가 있고, 부모가 있어야 자식이 있는 거다.'

엄마의 조건을 들어 줄 수 없다는 소리였다. 요구를 거절한 것은 아니다, 그렇지만 아빠는 할머니도 엄마도 포기할 수 없으셨다. 그러니 엄마가 아빠의 원칙을 이해하고 집으로 들어오길 바라셨다. 책임감 없는 가부장주의는 엄마가 아빠를 안 보고 살겠다는 확고한 의지를 다지게 했다. 지키고자 하는 것이 다른 두 사람이 합의점을 찾을 수 없는 건 당연했다. 쉽게 말해서 아빠는 가정을 지키고 싶으셨고, 엄마는 행복을 지키고 싶으셨다. 서로 바라보는 곳이 달랐다. 나와 아빠의 입장도 그랬다.

다른 점이라면 그런 상황에 자라왔다 보니 나는 아빠와 엄마의 관념을 꿰뚫고 있었다. 그래서 아빠가 허락하지 않아도 반박할 수 없는 집을 구해 왔다. 서울에서 떨어진 경기도에, 출퇴근은 왕복 세 시간이 걸렸지만, 그걸 빼면 집도 넓었고, 월세도 저렴했다. 등기부 기록상 집주인은 대출금도 없이 깨끗했다. 아빠는 예상한 대로 통근 거리에 태클을 걸었지만 괜찮다고 밀어붙였다. 다른 방도가 없었던 아빠는 출가를 끝내 허락했고, 나는 다시 밖으로 나왔다. 두 번째 탈출이었다. 이번에는 정당하게 나간 탈출이었다.

출가로 얻은 자유 속에서는 할머니의 불안을 나누지 않아 좋았고, 고달픈 가정사를 숨기느라 피로감을 겪지 않아도 되었다. 무엇보다 밤낮을 가리지 않는 자유로움이 좋았다.

불투명한 홈그라운드

3

이번에 오게 된 집은 예전보다 넓어져 이것저것 가구로 꾸미기 바빴고, 무엇보다 남자친구든 원나이트 프렌즈든 집에 들일 생각이 없었다. 원천 차단한 홈그라운드를 만들고 싶었다. 퇴근 후엔 치장한 집에서 지쳐 잠들었고, 금요일 저녁이 되면 밖으로 나가 밤새 술에 취한 채 남자와 뒤엉켜 주말을 보내곤 했다. 나를 억제하던 할머니를 벗어나니 클럽은 도로 나의 여가 생활이 되었다. 꽂힌 남자들을 집으로 초대하지 않아 나가는 숙박비와 술값을 무시할 수 없었지만, 집은 보여주지 않았다.

애가 있거나 반려동물이 있는 것도 아닌데, 집을 지키고 싶었다. 아빠가 가정을 지키고 싶으셨던 것처럼 나에게 집은 오직 나만 머물 수 있는 곳이길 바랐다. 그렇게 시간을 보내다 보니 할머니에 대한 연락도 자연스레 끊겼다. 아빠는 바빠서 연락이 드문드문했고, 엄마는 전화보다 메시지가 편하다고 하셨다. 오빠는 연락이 끊겨 어떻게 살고 있는지도 알 수 없었다. 회사 동료들과 클럽에서 만난 사람들이 내 주된 연락망이었다. 별이 된 남자친구가 치를 떨던 인간관계가 돌아왔다.

그날도 어김없이 술을 먹고 힘들어서 택시 타고 집으로 도주했다. 주량 높은 하루살이들에 비해 내 간은 어디 낄 곳 하나 없이 나약했고, 간의 용량을 넘어선 알코올에 위장이 뒤틀렸다. 기억도 없이 잠든 하늘은 해가 떠오르다 못해 저물고 있었고, 베개에선 술과 음료가 남긴 달고 짠 조합 끝에 담배의 비릿함이 풍겼다. 헝클어진 머리 사이로 휴대 전화를 꺼내 밀린 연락을 확인했다. 친구에게 걸려 온 전화를 받았을 때는 토요일 저녁이었고, 밖으로 나오라며 꼬드겼다. 술이 깨지 않아 거절하는 중에 진동이 울렸다. 다른 친구가 보낸 메시지라고 생각해 화면을 보았는데 아빠의 문자였다.

「할머니 임종하셨다.」

감정 표현이 무딘 아빠는 장소 하나 언지 없이 할머니의 부고만 남기셨다. 통화하던 친구에게 "야, 우리 할머니 돌아가셨다는데?"라고 하자 친구는 무슨 말을 하는 거냐며 상황을 판단하지 못하고 웃었다. 누군가의 죽음에도 아무렇지 않게 꺄르르 퍼지는 친구의 웃음이 귓전에 메아리처럼 퍼졌다. 꿈인가… 술이 덜 깼나… 파악을 하고자 몸을 일으켰을 때, 아빠에게 다시 문자가 왔다. 당신도 아차 싶으셨는지, 그제야 위치와 장소를 보내셨다.

장례식장은 동작구를 가리켰고,
그날은 정말 할머니가 돌아가셨던 게 맞았다.

두 번째로 출가한 지 두 달이 되었을 때였다. 할머니는 저녁으로 토마토가 먹고 싶다 하셨고, 요양사가 들린 인근 마트에는 방울토마토만 있었다고 했다. 그래서 요양사는 죄송하게도 이거밖에 없었다고 사과했더랬다. 할머니는 그거라도 좋으니 달라고 하셨고, 요양사가 여러 번 뭉갠 방울토마토에 설탕을 뿌려 대접했다고 들었다. 저녁을 겨우 넘겨 드신 할머니는 이제야 살 것 같으니 주무신다고 했단다. 요양사는 늘 그렇듯 할머니께 저녁 약을 챙겨 드리고, 감기 걸리지 마시라고 이불을 목 끝까지 덮어 줬다고 했다.

저녁이 되어 퇴근이 임박한 요양사는 "할머니, 저 갈게요."라며 짧게 인사했다. 아무런 말이 없어서 할머니에게 다가가 간다며 한 번 더 인사를 건넸었고, 우리 할머니는 정말 인자한 모습으로 주무시고 계셨다. 그게 할머니의 마지막이었다.

도착한 장례식장에는 눈물 한 점 흘리지 않는 아빠가 영정 앞에 계셨다, 엄마에겐 할머니의 부고를 보내지 않았었다. 아니, 보내지 못했다가 맞는 말인 거 같다. 이미 차단된 상태라 메시지를 보내 봤자 소용없으니, 나에게 대신 보내라고 하셨다. 엄마는 내가 연락을 하고 나서 삼십 분이 지나서야 오셨다. 엄마는 장례식장에 들어가지 못하고 입구에서 울고 계셨다. 문턱을 넘어가야 하나 당신이 들어갈 곳이 아니라는 생각이 드셨나 보다.

엄마는 "제가 이렇게 떠났으면 보기 좋게라도 사셨어야죠."라는 말을 연신 되뇌셨다. 할머니 시집살이에 못 이겨 나온 걸음이었지만 사실 누구보다 할머니가 오래오래 누릴 거 누리고 사시길 바라셨을 거다. 우리 엄마가 스물한 살 때 시집을 왔으니 오래 봐온 할머니는 엄마나 다름없었다. 내가 할머니를 부모님처럼 여긴 만큼 엄마도 그런 마음이 컸을 거다. 발인 전날이 되자 장례지도사는 할머니를 마지막으로 뵈는 시간을 가진다고 했다. 나는 그때 처음으로 아빠의 눈물을 보았다. 아빠는 마지막이 되어서야 할머니 머리를 쓰다듬며 아이처럼 우셨다. 그리곤 못난 아들 때문에 죄송하다며 사과하셨다.

스무 살에 못난 자식이 되기 싫었던 나의 다짐처럼 아빠 또한 할머니에게 같은 마음이었나 보다. 한없이 눈물만 흐를 것 같던 발인 날은 의외로 아무도 울지도 않았다. 나를 포함한 친척들까지 말이다. 발인에 앞서 영정을 들어야 했는데 이 자리엔 오빠도 있었어야 했다. 장례식 둘째 날에 십여 년만에 만난 아빠와 엄마와 나는 맞대어 앉아 오빠의 연락처를 검색했다.

나온 연락처는 총 아홉 개.

오빠가 가족을 잊고 살기 위해 선택한 구실은 번호 이동이었다. 어떻게든 우리와 연을 끊기 위해 연락처를 바꾸고 숨기 급급했다. 오빠, 아들이라고 저장된 연락처로 할머니 부고 문자를 보냈고, 답이 온 연락처는 아빠가 가진 것 중 하나였다.

"다시는 저 찾지 마세요."

오빠의 효심은 여기까지였다. 평소에 성실하고 반듯한 아들이라 칭찬받던 오빠는 불효자 장남이 되었다. 반면에 나는 효녀 막내딸이 되었다. 웃긴 건 나는 중학교 때부터 담배를 배워 몰래 태우고 다녔고, 부모님 뜻을 어기고 실업계로 진학했다. 성인이 되어선 몸에 문신을 새겼고, 밤엔 클럽과 남자에 안겨 살았는데 효녀 소리를 들었다. 가장 큰 명분은 회사였다. 입지를 넓혀가던 하이엔드 브랜드라 친척 언니 오빠들은 익히 알고 있었다.

언니 오빠들은 그 사실을 듣자마자 상품에 직원가 할인이 되는지 물었다. 나는 아무 말 없이 명함을 건넸다. 명함에는 상담사가 아닌 매니저라는 칭호가 쓰여 있었다. 덕분에 회사에서 마케팅 업무를 하고 있다는 거짓말을 했고, 좋은 직장을 다니고 있다는 명분을 만들어 주었다. 언니 오빠들은 내가 좋은 회사에 다닌다고 말했고, 우리 회사를 잘 모르는 어른들은 너라도 잘 정착해서 다행이라고 하셨다. 엄마와 아빠는 웃고 계셨다.

웃기게도 부모님은 나를 자랑스러워하셨다. 직장 하나로 부모와 친인척에게 얻어낸 인정은 정말 갈대처럼 가냘팠다. 몰랐던 건 아니었지만, 실제로 접하고 나니 씁쓸했다. 갑작스레 효녀가 된 나는 장례가 끝난 후에도 생전 받아 본 적 없는 관심을 독차지했다. 명절에 받는 선물을 우리 집에 보내기도 하셨고, 뭐만 하면 옷을 사다 주시거나 밥을 먹자고 하셨다. 내키지도 않는 관심이 느닷없어서 기분이 좋지 않았다.

솔직히 부모님의 관심을 받고 싶어 살아온 적은 많았다. 어릴 때 미술로 선생님께 칭찬을 받아 오거나, 받아쓰기를 백 점 맞고 오면 말로만 칭찬하셨다. 우리 집안은 애정 표현에 서툴렀다. 무뚝뚝한 건 당연했고, 그래서 내 성격에도 많이 묻어났다. 관심을 달라는 표현은 넘을 수 없는 장벽이었고, 그럴 바에는 관심받지 않는 길을 택했다.

내가 접은 관심은 오빠가 독차지했다. 오빠는 나보다 공부를 못했지만 부모님의 관점에선 여섯 살 터울의 첫아들로서 첫 입학, 입시, 대학… 모든 게 잘 돼야 했다. 오빠는 부모님 말씀대로 한 번도 학교를 빠진 적이 없어 초중고 개근을 받았고, 고등학교는 인문계로 갔다.

오빠의 생활기록부에는 항상 좋은 말만 있었다. 예를 들자면 '근면 성실하고 교우 관계가 원만하며 수업 태도가 좋음.' 어디에서나 들어 볼 법한 말인데 나는 그런 소리를 들은 적이 없었다. 내 기록부는 '교우 관계가 원만하나 조용하고, 수업 태도가 불성실함, 그러나 성적을 유지하는 것으로 보아 평상시 예습과 복습을 하는 듯함.' 고등학교 2학년 담임이 남긴 내용이다. 친구가 많은 건 맞지만 조용하다는 앞뒤 맥락이 맞지 않는 말과 수업 태도가 불성실하나 성적은 좋다고 남긴 담임 선생님은 나한테 관심이 없었다. 그래도 내가 다니던 학교는 교과서 위주로 문제를 출제해서, 외우기만 해도 중상위권이 가능한 터라 성적 유지가 쉬웠다.

그에 반해 오빠는 늘 하위권이었다. 비싸다는 입시 어학원에 보냈더니 한 달 만에 도저히 못 다니겠다고 했다. 그 학원은 당시에 '등록 후, 한 달 이전 수강 취소를 하면 전액 환급'이라는 광고 걸었었다. 근데 오빠는 환급도 못 받는 한 달이 되어서야 말을 꺼냈다. 엄마와 아빠는 더 다녀보라는 부추김도 없이 학원을 끊었다. 오빠가 입시로 스트레스를 받으면 안 된다고 들었나 보다.

반면에 나는 초등학교 때 동네 학원에서 삼십만 원짜리 수업을 들었다. 솔직히 수업보다는 매타작당할 때가 많았다. 하도 맞고 공부해서 맷집만 늘었다. 중학교에 들어가서는 학교에서 운영하는 시범 학원에 들어갔다. 사교육 근절이라나 뭐라나… 그래서 학원비가 한 달에 삼만 원이었다. 동네 학원보다는 저렴했고, 거기서도 자주 맞아가며 공부했다. 대학 입시를 앞둔 오빠는 수능은 고사하고 수시라도 붙고자 했다. 엄마와 아빠는 버는 족족 오빠의 입시를 위해 썼고, 집엔 대학 입시 전단이 쌓여만 갔다. 다만 오빠의 꿈은 무수한 전단에서 찾을 수 없었다. 그래서 엄마는 사회복

지학과에 가라고 했고, 대학까지 정해 줬다. 정말 공부 빼고 부모님이 원하는 대로 걸어왔다.

그런 오빠가 군 전역을 하고 왔는데 집이 풍비박산 났으니, 어떻게 제정신일 수 있을까.

결국, 마라톤의 승자는 나였다. 나는 그저 좋은 직장에 있다는 명분으로 좋은 딸이 되었고, 오빠는 버려진 아들이 되었다. 어떻게 보면 버려진 자식이 되어도 자유 없이 살아온 오빠가 홀로 살 수 있는 홈그라운드를 얻었다는 게 부럽기도 했다.

할머니가 돌아가시고 다니던 회사는 매출 증가로 규모가 성장했지만, 복지까진 향상하지 못해 조모상에 연차가 사용되었다. 덕분에 연차 없이 줄곧 출퇴근했고, 밤에는 할머니가 보낸 여생이 부러워 눈물을 흘려보냈다. 별이 된 남자친구도 그때 그 기억에 머물러 있는데… 나는 의지와 상관없이 계속해서 삶의 이치를 솎아냈지만, 깨달은 가치는 아무것도 없었다. 그래서 가족이란 사슬을 끊은 오빠가 부러웠고, 술로 청춘을 낭비하는 하루살이들이 부러웠다. 다시금 불러일으킨 감성은 이것이 가족을 위한 행동인지, 나를 위한 행동인지…. 무엇을 위해 삶의 고리를 이어서 살아야 하는지 알다가도 모를 고민 속에 눈물을 흘렸다.

몇 개월을 그렇게 보내고 나니 마음이 우울해지면서 심적인 요소가 많이 작용했던 모양이었다. 집에서만 붉어지던 눈시울은 지하철을 서성이는 퇴근 시간에도 뜨거워졌고, 눈물에는 고뇌의 흔적이 깃들어 내가 제대로 살았는가에 대한 의문을 품어 주었다. 부모에게 인정받던 날을 떠올리면 회사를 계속 다녀야 했지만,

스스로 가치를 느끼는 삶을 보내고 싶었다. 하지만 그게 무엇인지 정의를 내릴 수 없었다.

꿈이 있는지, 미래에는 무엇을 하고 싶은지, 가정을 꾸릴 수 있는지, 아무것도 알 수 없었다. 그래서 억지로 회사에 다녔다. 정상인 범주에 머물러야 부모에게도 다른 사람에게도 정신병자 취급을 받지 않을 것이다. 그렇게 다짐을 심었다. 다만 썩은 씨앗에 싹이 틀 리 없었고, 나는 그 씨앗만 바라 보며 주위를 둘러보지 못했다. 그렇게 썩은 씨앗만 바라보던 시기에 법원에서 우편물이 날아왔다. 할머니가 고발했던 사건이 당사자가 자연사하여 무효 처분되었다는 내용이었다.

그걸 보면서 드는 생각은 할머니가 돌아가지 않으셨다면 판결은 벌금형이었을까, 집행 유예? 아니면 뭐였을까 싶었다. 어떤 판결이 내려지던 나라에선 나를 할머니에게 폭력을 행사한 못된 손녀로 취급했을 거다. 그랬던 손녀가 할머니 장례식장에서 효녀 노릇을 하고 있으니… 인생은 정말 알다가도 모르겠다. 고작 종이 하나에 덜덜 떨었던 과거와 이제는 아무런 죄의식도 느껴지지 않는 현재를 돌아보며 이 다음엔 어떤 모습일지, 나이가 들기는 할지, 안정적인 삶을 추구하는 사람이 될 수 있는지 고민했다. 고민은 꼬리에 꼬리를 물어, 뜻 모를 미래를 그리기 시작했다. 남이 그리던 행복한 그림에 내가 끼어 있는 상상은 했어도, 스스로 그린 미래는 처음이었다.

미래에 둘 수 있는 가치는 무엇일까. 내가 추구하는 삶의 정의는 무엇일까. 이런저런 고민을 하다 현실적인 시기를 겪게 되었다. 연말을 지나, 연초가 되어 맞이한 연봉 협상과 인사평가는 직원들 사이에서 큰 화젯거리였다. 무엇보다 모든 이가 나의 진급에 관심이 많았다. 직속 상사는 내가 주임이든 뭐든 할 수 있게끔 힘을 쏟겠다고 했다. 그래서 다른 팀 동료분들은 이미 축하하는 분위기였다. 내 진급은 이미 점찍어 놓은 셈이었다.

근데 너무 점만 찍어서 구분선이 명확하지 못한 모양이었다. 다른 이의 진급 소식이 들려왔다. 나 다음으로 들어왔던 언니가 주임이 된다는 소식이었다. 사실 언니의 경력은 나와 비교할 수 없었다. 상담사 업무도 오래 했는데 근속 기준으로 따지면 내가 먼저 진급이 아니던가? 솔직한 입장이 목구멍을 타고 넘실거렸지만, 티를 내지 않았다. 대신 동료들이 저마다 내 입장을 뒤에서 얘기하고 다녔었다. 그런데도 근무한 지 육 개월밖에 안된 언니가 주임이 되었다. 경력은 있어도 나이가 어리다는 이유가 진급 미달의 원인이었다. 그래서 조금 더 경력 있고, 직책을 주면 좋을 사람으로 언니를 뽑았다고 하는데⋯ 어차피 내 가치를 찾아볼까 했던 시기와 맞물린 터라 전환할 기회를 얻은 셈 쳤다. 어린 만큼 내 나이에 하고 싶은 걸 하는 게 가치 있다는 판단을 내렸다. 그리고 몇 번째인지 모르는 사직서를 제출했다.

인제 와서 느끼는 생각이지만 당시 형용할 수 없던 고민과 감정들은 막연함이었던 것 같다.

자고 일어나니 가정을 뿌리치고 자신의 삶을 택한 엄마처럼
전역하고 나오자 풍비박산된 집을 보고 청춘으로 뛰어든 오빠처럼
가족 회사에 실직당했음에도 고민의 시간을 보내던 아빠처럼

자신의 정체성을 질타하던 회사를 나가 사랑을 택한 팀장님처럼

원하던 사랑의 구실에 자신을 가둔 남자친구처럼

어른이란 이유로 마지막 만찬까지 남의 손을 타던 할머니처럼

인생은 어떻게 흘러갈지 모른다는 난제 속에 있다. 내 청춘을 맡기기에 사회는 위험 요소가 많았고, 신뢰를 위한 정당성을 요구했다. 돈과 술, 그리고 밤과 함께일지언정 내가 그린 청춘은 아무런 쓸모가 없었다. 그제야 나는 하고 싶은 걸 해야 가치를 느끼는 인간임을 깨달았다. 단순히 쳇바퀴를 돌리는 햄스터로 머물 수 없었다.

어떤 걸 해야 할지 모르면서 그저 막연한 기대에 부풀어 퇴사했다.

결국, 어설픈 풍선은 부풀기만 한 채 이음새를 제대로 묶지 못해서 바람이 푸쉬쉬 샜다. 바람이 모두 빠져 쭈글쭈글한 원래 모습으로 돌아가기까지 얼마 걸리지 않았다. 거의 한 달 만에 그랬던 것 같다. 무엇을 공부하고, 어디서 아르바이트를 구할지 구상하던 찰나, 독촉 고지서를 받았다. 출금 날짜를 알리는 대출 문자를 보았고, 출금을 시도했으나 잔액이 부족하다는 통신사 문자를 확인했다. 그리고 아빠가 허리를 다쳤다는 연락과 엄마가 손목 터널 증후군이 심해져 수술한다는 메시지를 보냈다. 정말 예상했던 독촉과 예고되지 않은 독촉이 몰려들었다.

내 명의로 살아온 사회가 나를 찾는 건 당연했고, 엄마 아빠가 도움을 청할 자식도 나뿐이었다. 나 또한 사회와 두려운 미래에 도움을 청할 곳은 우리 부모님밖에 없었지만 그럴 수도 없는 상황

이더랬다.

야속했다. 나는 왜 이런 가정에서 태어나 남들 다 하는 공부도 못하고, 대학도 가지 못하고, 일만 하면서 살아야 할까. 어릴 적 엄마는 모든 사람이 똑같은 삶을 살아도 거기서 오는 작은 행복에 만족한다고 했다. 작은 행복을 유지하기도 힘들다고 그랬다. 그래서 매 순간 감사하며 하나님께 기도드리라고 했다.

옛날부터 엄마는 독실한 기독교 신자여서 무슨 말만 하면 하늘에 바치라고 했었다.

그렇다면 묻고 싶다, 우울증과 외로움은 무엇 때문에 생겼을까. 세상 사람들이 작은 것의 소중함을 알고 살았더라면 우리는 왜 정신과를 다닐까. 나는 그것을 사랑에 빗대었다. 사랑이라는 단어가 왜 생겼을까, 영어로는 LOVE 혹은 I LOVE YOU. 마음이라는 건 보이지 않으니 표현을 남겼다는데, 조상들은 보이지 않는 마음을 왜 말로 소통하려 했을까. 사랑은 감정이라 보이지 않기에 드러내지 않으면 확신이 묻어날 리 만무했고, 그렇기 때문에 언어로 표현함으로써 상대방이 더 확실하게 행복을 느낄 수 있도록 한 게 아닐까.

과거든 현재든 사랑이라는 감정을 나타내기 위해 언어를 이용한다는 것 자체가 인간이 작은 행복에 만족하지 못하고 만들어낸 부산물 같았다. 오늘을 살아가는 우리도 다를 바 없이 사랑을 표현하고, 원 없이 구걸하고 있는데… 나는 인류가 작은 것에 행복을 느끼지 못하고 더 큰 행복에도 부족함을 느낀다고 생각했다. 그리고 부족함을 메꾸고자 상담하고, 약물을 개발해 상처받은 마음을 치료한다.

그래서 내가 정의한 사랑에 '나'라는 의미를 부여하고자 했다. 도대체 나를 사랑한다는 것이 무엇인지 궁금했다. 나를 이해하면 원하던 삶의 가치를 찾을 수 있지 않을까. 그렇다면 지금껏 그려온 인생을 위해 나에게 어떤 독려를 해 줄지 궁금했다.

하지만 정체성을 바로 잡고 통제권을 획득하기에 '나'는 너무나 무지했다.

아프다던 부모님께 내가 내린 해결책은 나를 동등하게 나누는 것이었다. 퇴직금 일부를 엄마 수술비에 보탰고, 아빠를 찾아가 인사드리는 일에 시간을 투자했다. 마치 솔로몬이 된 기분이었다. 하지만 부모님께 도움받길 바라면서도 고민 끝에 도달한 꿈에 대해서는 털어놓지 못한 채 '나'라는 의미는 불투명해져만 갔다.

엄마는 병문안을 오지 않은 나를 꾸짖지 않으셨다. 엄마는 정말 금전적인 투자면 충분하셨다. 반면에 아빠는 같이 나누는 온기가 필요하셨다. 부모님에 대해 꿰고 있던 나는 퇴사했다는 소식을 전하지 못했다. 실토했다면 엄마는 당장 생계를 걱정하실 거고, 아빠는 다음 직장을 구했는지 물어보실 거다. 이직 중이라고 변명하면 엄마는 연봉은 최대한 높게 얘기하라 하실 테고, 아빠는 더 좋은 사람들이 있는 곳으로 가라 하실 거다. 안 봐도 뻔했다.

나는 남은 퇴직금을 독촉하는 곳에 모조리 송금했다. 잔액은 곧 바닥을 드러냈다. 어쩔 수 없이 다시 사회로 나가야 했다. 직장을 보는 눈도 사라졌다, 아무 생각 없이 전화만 받는 기계가 되고 싶었다. 단순 반복 업무와 복잡한 인과관계가 없는 곳으로 가고 싶었다. 예전처럼 인정받고 싶지도 않았다.

다시금 사회에 내건 이력서는 다른 이들에 비교하면 볼품없는 걸레짝이었다. 그런데도 내가 필요한 이들은 연락해 주었고, 나는 새로운 고객센터를 다녔다.

막무가내로 간 회사는 사흘간 교육을 진행했고, 엉터리로 교육하는 만큼 사람이 절실히 필요한 곳임을 깨달았고, 고객들 성향이 더러워서 퇴사율이 높다는 것을 직감했다.

나는 여기서도 적응을 잘했다. 시원시원한 일 처리부터, 동기들이 떨려서 제대로 응대하지 못한 통화를 대신 처리해주기도 했다 (인정받기는 싫지만 허둥지둥한 꼴을 보고만 있을 수 없었다). 그렇게 받은 돈은 부모님께 부치거나 내가 숨을 쉴 수 있게 공과금을 냈다. 남은 돈으로는 술과 담배를 샀다. 이때 기점으로 하루살이 양 떼들과 인연을 끊을 구실을 만들었다. 나이가 들수록 아빠와 닮아가는 술버릇 때문이었다. 상담사를 하면서 화를 참고 사는 습관이 술버릇을 더욱더 고약하게 만들었다.

술만 마시면 화를 참지 못해 친구들과 싸우는 일이 빈번했고, 그 사이에 블랙아웃이 번져 기억도 가뭇가뭇 잊어버리기 일쑤였다. 그래서 일어나면 친구들과 싸워서 나눈 메시지와 전화가 수두룩한데 머릿속에는 암흑만 존재했다. 우스꽝스럽게도 다시 찾아온 밤엔 양 떼들을 만났었다. 우린 아무렇지 않게 대화하고 시답지 않은 농담에 사과를 곁들여 밤거리로 나섰다. 솔직히 왜 그런 술버릇을 가지게 되었는지 몰랐다. 그냥 그런 시기를 겪고 나면 나아질 줄 알았다.

술주정은 점차 심해져 눈물로 번졌다. 클럽에서 힙합 노래를 듣다 우는 여자가 있다고 하면 이상하게 들릴 텐데, 내가 생각해도 이상했다. 왜 그런 노래에 눈물이 났는지 모르겠다. 너무 서러워서 친구들이 끌고 나오면 숨도 제대로 쉬지 못하고 울었다. 그냥 이렇게 살아가야 하는 내 인생이 불안했다. 어떻게 해도 슬픔과 분노가 풀리지 않는 청춘은 아름답지 않았고, 밤을 찬란하게 비추는 네온사인은 나에게 이젠 감흥도 없었다.

매일 아침 아무렇지 않게 일하러 가는 도심에는 내가 있어야 할 자리가 보이지 않아 두려웠다. 이대로 늙어가는 것이 싫었던 모양이다. 하도 울어서 자고 일어나면 항상 눈이 퉁퉁 불어 있는 게 대수롭지 않았고, 기억을 잃어버리는 일도 빈번해서 떠올리려 하지 않았다.

급기야 술을 마시고 일어났을 때 모텔이면 쓰레기통을 먼저 확인했다. 얼굴도 기술력도 기억나지 않는 남자가 피임을 제대로 했는지 걱정됐다. 그러고는 아무렇지 않게 집으로 돌아갔다.

친구들은 이렇게 만나다 나체 사진이 퍼지거나 하면 어떻게 할 거냐며 술자리를 자제하도록 권했지만, 밤은 길었고, 새벽은 불탔고, 아침은 싫증 났다. 어차피 한 번뿐인 삶이 누군가의 자위 도구가 된다는 것도 나쁘지 않으니 친구들의 귀띔도 별 대수롭지 않게 넘기고 술독에 빠졌더랬다. 결국 지독한 술버릇에 어이없는 인연이 초래됐다. 그래서 불안한 밤과 하루살이들과 작별했다. 쿨하게 직장인 목장을 보내던 양 떼들은 나의 술버릇에 질릴 대로 질린 게 분명했다.

　내가 만난 어이없는 인연은 24시간 술집에서 기억도 안 나는 남자와 앉아 있다 이루어졌다. 안주를 시키고 술을 따를 때까진 기억이 있었는데 일어나 보니 남자는 온데간데없이 사라졌고, 나를 깨운 건 뒷자리에 앉아 있던 남성이었다. 친구와 적당히 술을 마시다 취기가 도던 남자는 빠른년생이라고 했고, 그래서 나랑 동갑이었다. 남성과 있던 일행은 나보다 두 살이나 어린 동생이었고, 연하엔 관심이 없어 나를 깨운 그 남자에게 더 눈길이 갔다. 남자는 야간에 운영하는 프랜차이즈 술집에서 일했다. 주방에서 일한다기에 요리를 잘할 줄 알았는데, 그건 나의 착각이었다.

　요리는 지지리도 못했고, 볶음밥 하나 하는데 간도 제대로 맞지 않아 내가 할 때가 많았다. 남자는 누나에게 돈을 빌려다 서울에서 자취 중이었고, 살던 집은 나를 만난 지, 삼 개월도 안 돼서 계약이 끝난 상황이었다. 당시에 월세 계약으로 알고 있던 나는 계약 연장을 권했지만 3개월 임시 계약에 다음 세입자도 이미 가계약을 해놨단다. 설상가상으로 누나는 결혼한다 했고, 보증금을 돌려달라고 했다.

　남자는 보증금도 없이 집을 구해야 했고, 당장 나가야 하는 주까지도 집을 구하지 못했다. 그 정도로 철도 없고, 정말 될 대로 되라 하는 식의 인생을 살았다.

　결국, 남자는 우리 집으로 들어왔다. 만 오천 원의 관리비를 더해 같이 살기로 했고, 월세는 반씩 나누기로 했다. 그토록 다짐했던 홈그라운드에 남자를 들였다. 얼떨결에 시작한 동거이자 연애는 별이 된 남자친구에 비하면 편했다. 무슨 말만 해도 웃긴 남자친구가 즐거웠고, 밤늦게까지 일할 남자친구를 위해 저녁을 준비하던 일상이 즐거웠다.

예전부터 엄마가 가르치던 교육 방식이 있었는데, 수동적이지 않은 여성이 되라고 하셨다, 자주적인 여성이 되라는 뜻이었다. 그래서 요리를 할 때면 나를 불러 옆에서 시키거나 알려주셨다. 반면에 아빠와 오빠는 식사가 차려질 때까지 방에서 기다렸고, 부엌엔 나와 엄마만 있었다. 요리를 가르칠 적에 엄마는 늘 같은 소리를 늘어놓으셨다.

"여자가 집안일을 잘하면 남자가 밖에서 나돌다가 마누라 된 장찌개가 그리워 집에 들어온다고, 여자가 바깥일을 잘하면 남자가 집 안에만 머물러 기생한다고, 그러니 여자는 바깥과 집안에서 모든 일을 해낼 수 있어야 사랑받는다고."

말도 안 되는 소리라고 생각했는데 나이가 드니 얼추 이해가 되었다, 나는 양방향 모두에 속하도록 노력했으나 내가 만나던 그 놈은 후자에 속했다.

기생이 편해진 남자친구는 일하던 프랜차이즈 술집을 때려치 웠다. 젊은 애들만 가득한 매장에 있으니 미래가 보이지 않았다는 게 그의 결론이었다. 그리고 남자친구는 미래를 구한다는 빌미로 한 달여 간 집에서 쉬었다. 덕분에 나는 월세와 2인분의 관리비와 식대를 책임졌다.

두 달이 되었을 무렵엔 남자친구가 아니라 식충이가 아닌가 싶었다. 집에 오면 항상 싱크대에 쌓인 그릇과 종일 컴퓨터 앞에 앉아 게임만 하는 남자친구가 보였다. 취업을 권했지만, 어딜 가나 맞지 않는다는 이유로 하루도 안 되어 돌아왔다. 그놈이 그토록 바라던 미래는 안락한 집에서 쉴 수 있는 백수의 삶이었다. 철이 없어도 너무 없는 그의 가치관은 고질적인 가족 문화에서 비롯되었다.

하루는 자다가 울리는 전화에 일어나 보니 그의 아버지가 술주정을 부리며 당장 본가로 오라고 했다. 시간은 새벽 세 시를 가리켰고, 나는 아침 버스를 타고 갈 것을 권했지만 아버지가 부르면 가야 하는 상황이라고 했다. 말도 안 되었다. 남자의 본가는 충청남도에 있었고, 지금 시간에 갈 수 있는 수단은 택시가 전부였다. 그의 아버지는 택시를 타고라도 오라고 했고, 콜택시는 다시 우리 집으로 돌아왔다.

택시 기사님은 초반에 사십만 원을 불렀지만, 먼 거리니 만큼 삼십오만 원으로 깎아 줬다. 그런데도 아버님은 비싸다며 삼십만 원으로 흥정했더랬다. 기사는 요구를 들어줄 리 만무했고, 핸들을 꺾어 우리 집으로 돌아왔다.

집으로 돌아온 남자친구는 이미 올림픽 대교까지 총 두 개의 대교를 건넌 상태였다. 쉼 없이 달려온 미터기는 삼만 원? 사만 원?을 웃돌았고, 남자친구 주머니에는 담배 한 갑 살 수 있는 돈이 전부였다. 나는 아닌 밤중에 일어난 바람에 제대로 잠이 올 리 없었고, 그의 연락을 받고 밖으로 나가 택시비를 결제해 주었다.

그리고 다음 날이 되어 남자친구는 본가로 내려갔다. 웃긴 건 아버님의 부름에 불려 간 사람은 남자친구만이 아니었다. 갑자기 성사된 가족 모임은 친인척들도 내려와 술과 밥을 곁들인 시간을 보냈다. 나중에 들으니 그의 아버지는 집안의 맏이였고, 형님이 부르면 무조건 가는 형제들로부터 전해진 문화로, 그 밑에 태어난 자식들도 큰아버지가 부르면 몇 시가 되었건 내려가야 한다고 했다.

나는 그런 고질적인 문화를 이해하지 못했다. 그렇게 모여 있기 좋아하던 그의 집안이 대놓고 모일 설날이란 명분이 다가왔다. 그는 같이 본가에 내려가면 어떨지 물었다. 나는 집에서 쉬겠다고 예고했다. 가족들이 모여 지내는 문화란 나에게 불편하기 짝이 없었고, 솔직히 우리 집은 겉으로만 보기 좋은 가족이지, 서로가 모이면 안 싸운 적이 없었다. 크면서 고모와 고모부가 이혼한 지 20년이 넘었다는 걸 알게 됐다. 그런데도 붙어 사는 건 명문대에 대기업 다니는 언니, 오빠가 시집과 장가를 가는데 '가정불화'라는 딱지가 붙지 않길 바라셨기 때문이었다. 당연한 이치인데, 마음 없는 사이에 20년 가까이 살아왔다는 게 고까웠고, 그만큼 싸우는 일도 빈번해 언제는 고모가 병원에 입원하셨다고 들었고, 언제는 오빠가 말리다 다쳤다고 들었다. 그 정도로 사이가 안 좋은데 남들의 시선 때문에 살아간다는 게 볼썽사나웠다. 그래서 더욱더 가정을 만든다는 미래를 바란 적도 없었고, 그려 보려고 하지도 않았다. 더군다나 엄마, 아빠와 고모, 고모부를 비롯한 가족 늪에서 다른 가족 늪으로 서식지를 옮겨도 나는 피 한 방울 안 섞인 외래종일 뿐이다. 미래를 모르는 남자친구 가족들과 엮이고 싶지도 않았다. 그래서 단칼에 거절했다.

남자친구는 내 생각을 이해해 줬지만, 본인만 알겠다고 한 적은 없었다. 워낙 가족들과 왕래가 깊은 만큼 그는 모든 걸 공유해 버릇했고, 나의 가치관을 만천하에 떠벌렸다. 곧이곧대로 들은 그의 식구들은 여자가 너무 드센 감이 있다는 말이 돌았다고 했다. 어차피 결혼까지 생각한 관계가 아니기에 대수롭지 않게 여겼다. 별이 된 남자친구 가족들의 영향이었는지 내가 드세다는 평가에도 스트레스를 받지 않았다.

여름이 되었을 때는 그가 압구정 레스토랑에 취직했다. 솔직히 구직부터 자기소개서와 이력서 정리까지 내가 해 줬다. 온종일 게임만 하는 꼴을 두고 볼 수 없어 직접 손 봐주었다. 내가 적어 준 이력서는 그의 얼굴이 되었고, 취직했다. 내 덕분이라고 여긴 만큼 남자친구는 열심히 일했다. 근데 그것도 얼마 가지 않아 그의 집이 발목을 붙잡았다.

펜션을 운영하던 그의 어머님이 자라난 잡초를 정리하러 와 달라고 했다. 참으로 웃길 노릇이다. 아들내미가 사회에서 일하고 있는데, 하던 일을 내려 두고 잡초 정리를 하러 와 달라는 부모는 처음 봤다. 더 웃긴 건 그도 매장에 1~2주는 쉬어야 한다는 말을 했단다. 그러자 매니저는 그렇게 시간을 빼 줄 수 없다 했고, 그는 말없이 집으로 내려갔다. 무단결근과 무단퇴사를 동시에 했다, 그것도 집에 자란 잡초를 위해서 말이다.

집에 내려가 1~2주 있겠다던 그는 2~3주 뒤에서야 올라왔고, 그때는 후덥지근한 여름의 시작이라 아스팔트에서 올라오는 열기로 정신이 가뭇가뭇할 지경이었다. 직장을 잃어 괘씸했지만, 오랜만에 만나는 그에게 예쁘게 보이고 싶어 입지도 않던 꽃무늬 원피스에 볼 터치도 했더랬다. 그도 나를 보고 싶었는지 터미널

역사 꽃집에서 노란 꽃다발을 사 왔다. 무슨 연유로 그랬는지 기억은 안 나는데 단지 그 말이 좋았다.

"꽃 보니까, 네가 생각났어."

우스꽝스럽게도 나는 입바른 소리에 미소를 감추지 못했다. 직장을 내팽개치고 갔음에도 아직도 그를 좋아했다.

얼마 안 만나겠다 느꼈던 그와 어느새 가을을 맞이했다. 나는 여전히 그의 몫까지 생계를 책임졌고 같이 지냈다. 우리 생활에 익숙함을 느낀 남자는 그간 만나지 않았던 친구들을 만나러 다녔다. 내 잔소리가 싫었던 건지, 정말 친구를 만나고 싶었던 건지 모르겠다. 왜냐면 나는 친구를 만나지 말라고 한 적이 없었다, 단지 서울에 거주하는 친구를 만나러 가기엔 그의 주머니 사정이 변변치 못한 상황이었다. 근데 '만나지 않았던'이라는 내용은 내가 구속했다는 변명으로 들렸다.

하지만 그 뜻을 묻지 않았다, 이유 없이 싸우는 건 진이 빠져서 할 수 없는 나이였다. 그대로 두자 그가 밤늦게까지 술 먹다 오는 일이 빈번했고, 그가 누운 자리에는 항상 술 냄새가 나돌았다. 어떨 때는 친구 집에서 잔다고 들어오지 않은 날도 있었다. 그것도 뭐라 하지 않았다. 많이 마셔서 그런가 보다 싶었다. 트집을 잡을 요소는 많았지만 잡아 가두어 놓기 싫었다. 그리곤 머지않아 추석을 맞았다. 나는 그가 본가에 가리라 예상했다. 몇 날을 친구와 술독에 빠져 살더니 부모님 집에 가야 한다며 메시지만 남겼다. 퇴근하고 돌아온 집에는 위치가 이동한 생필품과 채워진 빨래 바구니가 그의 행적을 암시했다.

추석이 지나선 그에게 연락이 닿지 않았다. 어디서 지내는지, 무엇을 하는지 알 수가 없었고, 하루에서 이틀은 그에게 미친 듯이 연락했지만, 나흘이 되었을 때는 놓았다. 연락할 구실도 없었고, 이대로 끝내려는 심산인가 싶었다. 이제는 쉽게 내려놓을 줄 아는 마음을 가졌더랬다. 솔직히 언젠가 끝은 나겠지 싶었다. 그래서 다음 만날 여자한테는 기생하지 않고 살기를 빌었다. 가족이라는 울타리에서 벗어나 스스로 독립할 수 있길 바랐다. 안정적이지 못한 내 삶을 그에게 빗대어 살길 원했던 것 같다.

남자는 말도 없이 떠났고, 이제는 이별로 어떻게 울었는지 기억도 나지 않았다. 그다음 날은 그냥 회사에 갔고, 일주일이 지나 내 연애를 묻던 동료 덕에 헤어졌다는 사실을 자각했다. 그 정도로 스스로에게 관심을 가지지 않았다. 어떤 기억이 있었고, 감정이 들었는지 깨닫지 못했다.

남자친구가 떠나고 맞이하는 초겨울에는 대뜸 모르는 번호로 전화가 왔다. 사내는 버릇없는 말씨로 툭툭 쏘았고, 말끝에는 사투리가 붙었다. 나이는 사오십 대 중후반으로 갔고, 삼백만 원을 빌리고 갚지 않는 나의 전 남자친구를 물었다. 최근에 연락하지 않았는지, 같이 사는 건 아닌지. 얼마나 캐묻는지 내가 끼어들 틈이 없었다.

내 번호를 어찌 알았는지 묻자 남자는 SNS에 걸린 대문 사진을 봤다고 했다. 그리고 대부업체를 운영한다고 했다. 그제야 이별 후에 정리하지 못한 사진이 떠올랐다. 나는 그와 헤어진 지 몇 달이 넘었고, 행방을 모르겠다고 했다. 아무런 흔적을 찾지 못한 남자는 힘겨운 숨을 토해 내고 통화를 끊었다. 그러고 나는 그에게 대부업체에서 연락했으니 원만하게 해결하라고 귀띔을 주었다. 그는 메시지를 곧장 읽었지만, 답은 하지 않았다. 끝까지 그가 나보다 나은 삶을 살길 바랐다.

그리고 나는 SNS의 대문 사진을 바꾸었다. 그러면서 느낀 건 나 자신을 다듬을 정도의 여유도 없다는 걸 알았다. 단순히 상태와 근황을 알리는 이미지임에도 연인과의 사진을 도배할 적에는 하나하나 다듬었는데, 이별 후에는 그 자리에 정체되어 있었다.

그와의 연애 끝으로 정말 연애를 하지 않았다, 관심을 주는 이들에게 차갑게 대했다. 그렇지 못한 상황에서는 적당히 웃어넘겨 선을 그을 줄 알았다. 관계를 제대로 다루지 못해 막막했던 나이에서 벗어나 어떻게 하면 상대방이 불편하지 않을지 알고 있었다.

이때는 '나'라는 가치를 넘어 나를 다듬는 것이 무엇일지를 고민했었다. 타인은 이해하면서 나를 이해하지 못하는 삶이 모호했다. 나'라는 존재는 가치를 상실한지 오래였기에 다듬어야 나를 되찾지 않을까 하는 의문이 들었다. 이 무렵부터 친구를 만나 노는 일도 그만두었다. 잠정적인 휴식기를 가졌다고 보면 된다. 나이가 들면 노는 일이 준다고 하는데 그게 무슨 뜻인지 이해되는 시기였다.

밤새 사람들과 떠들고 술을 먹기에는 아홉 시만 되도 하품이 절로 나왔고, 일이 끝나면 집으로 몸을 숨기기 바빴다. 그래서 사람도 많이 사귀지 않았다. 친한 사람은 동기 언니 한 명 말고는 없었다. 외출을 자제하니 할 얘기가 없었다. 그래서 남의 얘기를 듣는 귀가 생겼다. 같이 다닌 언니가 자신의 사사로운 연애담을 털어놓느라 귀는 심심하지 않았다. 언니의 주된 고민은 남자친구의 반복된 의심과 이별 뒤에 이어지는 불안한 재회였다…. 그래서 가끔은 다투고 밤새 울어서 회사에 결근한 적도 있었다. 그걸 보면 죽은 남자친구가 종종 떠올랐다. 또는 언니가 그때의 나처럼 나이만 먹은 아이 같았다.

내가 잊은 시련의 아픔이 언니에게 옮아갔는지 언니는 힘든 연애를 반복했다. 사실 언니는 여자친구와 삼사 년을 넘게 동거하던 중, 현재의 남자친구와 바람피웠다고 했다. 오랜만에 팀장님이 생각났다. 얼굴은 기억나지 않지만, 피우시던 말보루 골드 담뱃갑이 떠올랐다. 팀장님이 찾아 떠난 연인과는 아직도 행복한가 싶은 생각이 들다가 다시 언니의 얘기에 집중했다. 언니는 자신도 모르는 사이에 스며들어 그와 만나고 있었단다. 당시에 동거하던 연인에겐 죄의식보다 사랑이 식었다는 판단이 들었다고 했다. 그래서 이별을 택하자마자 현재의 남자친구에게 완전히 돌아섰다. 그래서 그런지 언니는 만남이 시작됐을 무렵부터 지속된 불안감을 느꼈다. 거기서 죽은 남자친구가 우리 만남의 원흉이라며 나를 탓하던 통화가 떠올랐다. 그때의 불안감이 어땠는지 상상해 보았는데 마음이 완전히 얼어서 그때의 감정을 느끼지 못했다. 그 정도로 무뎌졌다.

그리고 언니의 남자친구는 만나서 안 되는 사람을 채갔다는 죄의식을 느꼈는지, 언니가 누군가와 친하게 지내거나 만나면 관계를 불신하고 의심했다. 그래서 언니는 나랑만 붙어 있었다. 무뎌진 마음은 어떤 조언도 하지 못하고 듣고만 있었다. 언니는 그것만으로 큰 힘이 된다고 했다. 그러다 어느 날 새벽에 언니가 전화했다.

자다 일어나 받은 통화는 남자친구와 헤어졌고, 정말로 끝났다는 말을 전했다. 토해 내는 숨은 울다 그치기를 반복해 제대로 가누질 못했고, 나는 그 새벽에도 언니의 연애를 예삿일로 여겼고 마음에도 없는 조언을 했었다. 언니에겐 그러다 다시 만날 거니 걱정하지 말라며 애써 안심시켰다. 새벽 통화를 끝낸 언니는 예상했던 대로 회사에 나오지 않았다.

이미 끌어다 쓸 연차는 소진된 상태라 병원 소견서나 무단결근 중 한 가지가 언니에게 주어진 사회의 엄벌이었다. 연락이 닿지 않자 팀장은 나에게 언니가 무단결근 처리가 안되도록 소견서를 가지고 오도록 했다. 나는 무작정 언니에게 메시지를 남겼고, 퇴근 시간이 되어서야 언니는 메시지를 읽었다. 언니는 답장이 없었다. 그러곤 일주일 동안 자리를 비웠다. 회사에서는 하루 이틀 정도 언니의 무단결근 얘기가 돌았지만, 그것도 잠시였다.

다시 자신들의 일상을 되찾아 일하기 바빴다.

나는 무슨 심정이었는지 걱정되지 않았다. 그냥 눈뜨면 일했고, 눈감으면 하루가 끝났다. 정말 무뎌진 사람이라 자신도, 주변도 느끼지 못할 정도로 고립되었다. 일주일 뒤에 언니의 남자친구라는 사람이 회사에 방문했다. 그리고 언니 자리에서 짐을 챙겼다. 무슨 일인가 싶어 팀장님께 여쭈어보니 언니가 투신자살했다고 들었다. 남자친구와의 관계에서 이별은 외로움을 초래했고 언니는 견딜 수 없어 억지로 위태로운 만남을 지속했었다. 그런데도 만나주지 않는 남자친구 때문에 본인을 사지로 내몰았다. 언니가 떠나고 한 달간 회사가 어수선했다. 상사들은 동요되지 말고 일하라 했는데 그들의 표정도 착잡하기 그지 없었다.

오히려 나는 짝꿍이 사라진 것 말고는 다를 게 없었다. 내가 행복한 건지, 불행한 건지 알아차릴 수 없었다. 어쩌면 유일하게 제대로 일하던 사람일지 모른다. 나에게 죽음은 무덤덤해질 정도로 감흥이 없었다, 별이 된 남자친구 때문인지, 할머니 때문인지 무수하게 봐온 죽음에 어디에 갈피를 잡아야 하는지도 몰랐다. 남들 눈에 내가 어떻게 보일지 몰라도 그때의 나는 어떤 생각과 감정을 가졌는지 스스로 자각하지 못하는 지경에 이르렀다.

그렇게 다니던 회사는 7~8개월이 되었을 시기에 모든 걸 배운 탓에 지루하기 시작했다. 짝꿍도 없는 마당에 더는 회사에 흥미가 생기지 않았고, 아무리 벌어도 똑같은 성과 보수와 월급에 관심이 시들해졌다. 그리고 남들에게 보여주기식 치장도 포기했다. 이제는 가면을 다듬을 기력도 잃어 주변의 시선에 개의치 않았다.

흥미를 잃은 만큼 내가 받던 호출 실적은 날이 갈수록 저조해졌다. 하루는 팀장님에 이어 실장님께 불려가 저조해진 실적으로 혼이 났다. 상사들은 집에 무슨 일이 생겼는지, 남자친구랑 사이가 안 좋은지 물었는데. 우리 집은 늘 좋지 않았고, 남자친구는 없었다… 정말 나에 대해 아는 것 하나 없이 보듬어 주는 척을 하셨다. 단물이 빠진 회사에는 여운도 남지 않았다. 그래서 즉흥적으로 퇴사했다. 회사에서는 이미 그럴 것이라 예상을 했는지 붙잡지는 않으셨다.

퇴사하는 날에는 같은 팀이라 몇 번 밥 먹고, 술 마셨던 언니들이 송별회를 하자고 했다. 솔직히 끼고 싶지 않았지만 애써 챙겨주는 태도를 무시할 수 없었다. 그래서 간단하게 술 마시고 지하철역까지 가는 방이동 골목을 거닐었다. 바닥에는 호스트바 전단이 난무했다. 고개를 든 골목은 네온사인에 휩싸여 화려했고, 밑은 너저분했다. 술기운 때문인지 아른한 정신 속에서 그 골목은 나의 인생 같았다. 올려다보면 화려하지만 내려다보면 지저분해서 모든 걸 상실한 내 모습과 교차되었다.

그렇게 얼큰히 오른 취기로 지하철을 탔다. 곧이어 동료 언니에게 연락이 왔다. 어디쯤 왔냐는 물음에 곧 신림동이라는 말을 남겼다. 그러자 언니는 나보고 내리라고 했다. 나는 영문도 알수 없이 무작정 내려 5번 출구로 나왔다. 같이 술을 먹던 동료 언니 중에 싱글맘이었던 언니를 제외하고 미혼인 언니들만 모여 있었다. 내가 골목에서 씁쓸히 느낀 상실감처럼, 언니들 역시 오늘 밤을 꺾어내기엔 외로움이 감돌았나 보다. 언니들의 걸음을 따라 들어간 골목에는 분홍색과 빨간색 조명만이 어둠을 비추는 유흥 골목이었다. 외로움을 달리고 싶던 언니들에게 클럽은 취향에 안 맞았고, 무작정 남성들에게 들이댈 깡다구는 없었다. 그래서 찾은 호스트바에서 풍기는 낯선 공기와 익숙한 노래방 인테리어에 어찌할 바를 모르고 이리저리 눈만 돌렸다.

룸에 들어서자 실장이라 부르는 사람이 소파에 걸터앉아 껌을 씹고 있었다. 남자의 목소리와 행동은 신도림 테크노마트에서 볼법한 폰팔이 같았다. 그는 우리에게 넷에서 다섯 명씩 총 세 조가 들어올 거라고 했고, 안주와 술은 언니들이 알아서 주문했다. 비싼 술은 마실 수 없어서 소주와 맥주 무제한 세트로 시킨다고 들었다.

언니들은 들어온 남자들을 보며 누가 마음에 들고 안 드는지 시끄럽게 떠들었다. 나는… 고를 수 없었다. 누가 나에게 맞는 사람인지 어떻게 고르는 건지, 클럽에서 꽃히는 남자를 바라보던 나의 자신감은 어디로 소멸되었는지… 그 순간엔 술기운도 씻은 듯이 빠져나가 부끄러움만 돌았다.

1조가 나가고 언니와 실장은 나에게 제대로 쳐다봐야 사람을 고를 수 있다며 타박했다. 그래서 나는 2조가 들어올 때 두 손으로 얼굴을 감춰 손 틈 사이를 벌려 보았다. 거기서 마지막에 있던 사내를 보았고, 마음에 들었다. 다른 애들처럼 투피스 정장도 아닌 캐주얼한 옷차림이었고, 적당히 넓은 어깨에 키는 고만고만했다. 얼굴은 인스타그램에서 볼 법한 잘생김이 묻어 있었다. 결정적으로 피부가 하얀 게 마음에 들었다. 내가 고른 남자를 보더니 언니들은 전부 웃었다. 여전히 어려서 남자를 어떻게 보는지 비웃었던 것이다. 나는 아직도 만나 오던 놈들처럼 외적인 요소가 큰 비중을 차지했다. 곧이어 언니들과 내가 선택한 남자들이 들어와 우리 옆에 앉았다. 다들 누나라고 불렀고, 내 옆에 있는 남자도 나에게 누나라 불렀다. 그래서 나는 여기서 나이가 제일 어려서 말을 편하게 하라 했고, 나는 존댓말을 썼다. 그러자 남자는 돈 쓰러 왔으니 말을 편하게 놓으라고 했다.

돈을 쓰러 와서 말을 편하게 놓으라는 말은 어느 나라 말인지 도통 이해가 가지 않는다.

그런데도 나는 쉽게 말을 놓지 못했고, 다들 가명과 진짜 나이인지 모를 나이를 말할 때, 내 옆의 그는 자신의 이름과 나이와

학교도 말했었다. 술에 취한 건 아니고 내가 그들과 달라서 그냥 알려주는 거라고 했다. 수도권에 있는 대학을 다녔고, 그가 다닌 학교는 내 고등학교 친구 한 명이 재수해서 갔다는 게 떠올랐다. 그래서 학과는 묻지 않았고, 내 친구도 거기를 다닌다고 귀띔을 줬다. 남자는 우연이라는 포장을 하면서 다른 주제로 얘기를 이어 갔다. 신기하게도 어디서 말하는 법을 배웠는지 쉴 새 없이 얘기하느라 즐겁게 대화를 나누었다.

그리곤 무슨 예능프로그램 실험카메라처럼 실장이 들어오자 모두가 일어나 우르르 나갔다. 원점으로 돌아온 우리 방에 실장이 계산서를 내밀었다. 길다면 길고, 짧다면 짧던 4시간은 구십만 원이라는 돈으로 돌아왔다. 금액에 언니들이 주저하자 필두로 이끌던 언니가 이 정도면 방이동보다 싼 편이라며 우리에게 송금을 독려했다. 우리는 하는 수 없이 송금하고 가게를 빠져나왔다.

나가는 길엔 아까 보았던 몇 놈들과 담배를 피우던 그 남자를 마주쳤다. 짧게 목례를 하고 골목을 나서자 그가 쫓아와 나에게 번호를 물었다. 이유는 없었고, 그냥 번호를 물어봤더랬다.

나에게 다시 찾아온 남성과는 연애하지 않았다, 대신 관계를 맺었다. 그를 품고 싶었던 적도 없었고, 욕정이 든 적도 없었다. 퇴사하고 일주일 동안 그는 꼬박꼬박 연락했고, 그다음 주 수요일을 기점으로 일곱 번은 넘게 만났던 것 같다. 만날 때마다 그는 취해 있었고, 나는 멀쩡했다. 그래서 그가 어떤 취향의 남자인지 기억이 난다.

관계할 때쯤 알았다, 자상하던 모습은 돈을 위해서 쓴 가면이라는 걸. 그는 **뺨**을 때리거나 멱살을 잡는 것에 희열을 느끼는 사람이었고, 취향에도 안 맞는 그에게 맞춰 가며 관계를 맺었었다. 그가 나에게 행한 폭행은 아무런 의도를 알 수 없었다, 맞고 있는 상황에서 희열을 느끼는 건지 어떤 감정을 느끼고 있었는지 생각이 나지 않는다, 이제는 맞는 것에도 둔해져 있었다. 일곱 번째로 만났던 날은 그가 몇 개월간 업소에서 일한 날이었다. 이제 돈을 다 모았다고 나를 봐 달라고 했다. 나는 그를 붙잡은 적도, 만남을 애걸한 적도 없었다. 근데 나보고 놓아 달라는 말은 돈 썼으니 말을 편하게 놓으라고 했던 첫마디와 같은 맥락이었다. 그의 작별 아닌 작별에 별말을 할 수 없이 보내줬다.

지금 와서 기억하자면 그는 어머니가 아파서 밤일에 뛰어들었다고 했다. 돈을 벌면 청산할 거라고 했었다. 그리고 본인과 같은 대학을 다니는 내 친구의 정보를 궁금해했다. 그와 나눈 관계는 자신의 신변을 보호하고자 나에게 판 것이라는 것을 깨달았다. 뭐 그 점에서 슬프거나 그가 그립거나 하지도 않았다. 거기서 끝이었다.

그를 만나러 갈 때 행복했는지, 즐거웠는지 기억도 나지 않는다. 정말 무의미한 시간을 보냈더랬다. 다시 원치 않는 이별을 겪고, 떠나간 후에야 느꼈다. 나는 그가 부러워했었다. 그에게 처음 느껴본 감정이었다. 가족을 위해 살았지만, 돌아갈 현실이 따로 있다는 그가 부러웠던 거다. 그제야 나는 하고 싶은 게 무엇이었는지 알았다.

죽은 남자친구가 자신이 원하던 기억에 머물 수 있다는 게 부러웠고, 할머니가 여생을 편하게 보내신 게 부러웠고, 떠나간 남자친구에겐 자신의 삶을 찾아 나선 의지가, 동료 언니에게는 불안함 속에서 자신을 죽음으로 내몰았던 다짐이 부러웠다.

불확실한 미래를 보며 계속해서 경계를 오가던 나는 확실하진 않은 것을 해 보고 싶어하며 의욕을 다졌다. 그래서 무작정 글을 썼다. 의미가 있진 않았다. 내가 어떤 삶을 살고, 지속할지 몰랐다. 위태롭고 처연하기만 한 글이었다. 이게 누군가에게 가닿아 나에게 관심을 줄지, 알 리 만무했고, 여전히 미래를 그리는 건 힘들었고, 가치를 찾기엔 어두웠다. 그런데도 사회에 얽힌 나쁜 습성은 나를 고달프게 만들었다.

원체 사회는 누군가의 관심을 받으며 돌아가는 체계였다. 그러나 꿈을 꾸는 사람들을 누가 봐 줄지, 관심 가질지 모른다. 그건 사람마다 부여된 취향 차이였다. 그 당시 어느 정도로 고달팠냐면 생명 하나 없는 황무지에 책걸상을 두고 글을 쓰는 기분이었다. 흩어지는 모래바람은 따갑다 못해 서러운 사이에서 글을 쓰다 니… 아무런 영감이 떠오르지 않아 외로운 해골이 되는 게 나을 듯싶었다. 아니면 추위에 입술이 파랗게 질린 상태에 놓여 글을 쓰고 싶었다. 언제 사지를 물어뜯을지 모르는 북극곰 곁에서 말이다. 감정도 가치도 모든 게 무뎌진 나에겐 차라리 위험한 상황이 나에게 주어진 정체성을 깨닫는 계기로나마 좋은 영감이 될 것 같았다. 무엇을 위해서인지 모르겠지만 그 정도로 이유 없이 굶주린 상태였다.

미련의 탄생

4

그런 굶주림은 몇 번째인지 모를 퇴사 소식과 함께 아빠에게
토해냈다. 내가 예상한 것보다 아빠의 반응은 긍정적이었다.

"하고 싶다면 해야지."

아빠는 너무나 빠르게 순응하셨다, 술잔을 기울인 아빠와 저녁
을 보내며 아빠가 오랜 세월 갖고 있던 꿈에 대해 알게 되었다.

"옛날에 저기 홍대가 생겨나기 전에, 신촌이 엄청 유명했어,
음악 카페도 있고, 거기서 아빠 친구들이랑 모여서 술 먹고 그랬
어… 아빠는 원래 무대 디자인하고, 준비하는 그런 거 하고 싶었
어, 근데 너희 오빠가 생겼네, 그래서 돈을 벌었지. 저기 광화문
쪽에 보험사를 다녔는데.

하루는 보험 계약하려고 아줌마 집에 방문했어, 내가 종이를 줬
는데, 그게 이름이 뭐고, 가족은 누가 있고, 학교는 어디까지 졸업
했고, 그런 거 적는 종이였어. 한참을 적더니 아줌마가 웃더라,
왜 웃으시냐 물었더니…

이 나이 먹고 누가 나에 관해 물어봐 준 게 오랜만이라 뭘 어디

서부터 어떻게 써야 할지 몰라서 웃음이 나온다더라.

그때는 솔직히 아줌마 말이 뭔지 몰라서 그냥 그런가 보다 하고 종이를 받아 왔어. 옛날에는 경복궁 안에 들어가서 쉬고 그랬거든?

아줌마를 뵙고 점심을 먹으려고 동료들이랑 김밥 한 줄 사서 거길 들어갔어.

그리고 앉아서 김밥을 먹는데 아줌마 말이 이상하게 생각이 나는 거야. 그래서 종이를 꺼냈지, 내가 세 번 접으면 접히는 종이야, 근데 거기에 아줌마의 인생이 다 담겨 있는 거야, 웃기지 않니?

한 장이라고 하기도 그렇고… 그래, 한 쪽이라 하는 게 맞다. 정말 한 쪽 분량에 한 사람의 인생이 담긴다고 생각해 봐, 너무 웃긴 거야.

나도 여기 한 쪽에 적혀질 내 인생이 뭘까… ….
그냥 이유 없이 생각하게 되더라고."

아빠가 술을 마시면서 하는 과거 얘기는 나에게 즐거울 따름이었다. 할머니의 고소 무효화 우편을 받고서 인생이 어찌 흘러갈지 모른다는 막연함에 나를 그대로 남겨 두지 않겠다는 다짐처럼 아빠는 단순히 보내던, 그날 인생을 회고하셨다.

그러나 아빠는 해가 저물면 돌아가야 할 가정이 있었다. 그래서 그 생각을 거기서 접었다. 무언가를 하고 싶어도 가정을 생각하면

할 수가 없었다. 가정도 없고, 자식도 없는 나는 아빠에게 부러움만 살 뿐이었다. 거기다 20대라는 젊은 나이는 아빠가 그토록 바라는 과거의 영광이었다. 아빠는 내가 하고 싶은 것을 해 보라고 하셨고, 끝까지 해 보고 정 아니다 싶으면 다시 사회로 돌아가도 좋다고 하셨다.

후회하더라도 해 보고, 후회하라는 말씀이셨다.

아빠의 기운을 받은 나는 집에 돌아가 글을 썼다. 그러나 어디에 무엇을 올리고, 알려야 할지 막막했다. 몇 번이 될지 모를 후회와 실패의 시간이 무서웠던 걸지도 모른다.

그때는 다시 찾아온 겨울에 보일러를 켜 놓지 못했다.

지원이 필요하면 도와준다는 아빠에게 짐만 되는 내 청춘이 가냘파 감기에 걸리더라도 추위 속에 글을 숨아내는 것이 적당한 낭비라 생각했다. 한겨울이면 두꺼운 외투와 옷을 껴입었고, 예전에 사 두고 먹지 않아 꿉꿉한 맛이 나는 시리얼로 끼니를 때웠다. 아빠가 보내주신 용돈으로는 술과 담배만 샀다. 담배를 피우면서 글을 쓰면 골똘히 생각하는 데 도움이 되었고, 술을 마시면 처연해지는 감정이 고스란히 글에 남았다.

그렇게 쓰다 보면 내가 글에 취했는지, 술과 담배에 취했는지 알다가도 모르는 정신에 머리가 아득해져 책상에 박아버렸다. 그러다 일어나면 하루가 지난 건지, 이틀이 지난 건지 알 수 없이 시간이 흘렀다.

청춘실종, 타살협의

글을 쓰기 시작했을 무렵, 무엇이라도 되기 전까지 누구와도 소통하지 않겠다는 각오를 다졌다. 종종 연락하시는 아빠와 메시지를 보내는 엄마를 제외하고는 따로 연락하는 일이 없었다. 그러다 문득 단짝 친구 나현에게 연락이 왔다. 연극영화과를 졸업하더니 주변에 몇 안 되지만 꿈을 이루어 가는 친구였다. 극단에 들어가게 됐는데 조만간 공연한다는 소식이었다. 메시지의 미리 보기만 보아도 어떤 저의로 보냈는지 충분히 이해가 갔다.

그러나 메시지를 눌러 볼 수 없었고, 공연을 보러 갈 수 없었다. 통장에는 친구를 보러 혜화역까지 갈 차비도, 공연표를 살 돈도 없었다. 궁핍한 청춘의 시작이었다. 앉아서 뭐가 맞는 건지도 모른 채 글만 쓰며 몇 개월이 지났다. 아빠는 말없이 급여 중 일부를 보태 주셨고, 나는 효녀에서 꿈을 좇는 불효녀가 되었다.

엄마는 내가 여전히 회사에 다니는 줄 아셨다. 그래서 항상 바쁜 줄 아셨다. 나는 엄마가 조만간 보자는 말만 꺼내시면 서둘러 대화를 피했다. 아무래도 성과 없이 꿈만 좇는 처치에 엄마를 볼 낯이 없어 숨었었다. 자취방이 웃풍으로 가득하던 어느 날 엄마가 벚꽃 사진을 보냈고, 그제야 봄이 왔음을 알았다. 시간이 이렇게 지났는지… 꿈에도 몰랐다.

그해 봄에는 결혼과 새 생명이 태어났다는 소식이 들려왔다. 한 명은 바라던 결혼을 했고, 다른 한 명은 바라지 않는 생명을 얻었다.

인터넷을 하지 않아서 몰랐는데, 엄마가 인터넷 기사로 친척 언니의 결혼 소식을 접했다. 대기업에 다니던 언니는 국내 축구

선수와 결혼을 한다고 했다. 물론 기사로 접한 우리 가족은 초대받지 않았다. 그들에게 우리는 할머니 때문에 만나는 사이였지, 현실에서는 아는 척도 하지 못할 창피한 존재였나보다.

엄마도 아빠도 그 누구도 청첩장을 받지 못했다.

그리고 밀린 연락 중 제일 최근엔 친구에게 새 생명이 찾아들었다는 소식이 있었다. 그 친구는 불과 1년 전까지 클럽에서 놀다가 친해진 애였다. 사귀던 남자친구 때문에 성병이 옮아 병원에 다녔고, 그런데도 다른 남자를 만나서 관계를 갖기도 했다. 쾌락에 눈이 멀어 고통을 저버렸다. 수시로 병원에 갈 때마다 나에게 연락하더니 남자친구와 원나잇 했던 남자들에 대해 욕을 퍼부었고, 어쩌다가는 나에게 기대어 원 없이 울기도 했다.

그 정도로 처연한 친구였다. 사람과 떨어져 있는 것을 극도로 불안해했고, 늘 사람들과 붙어서 하루를 보내곤 했다. 그 중심에는 나도 있었다. 겨우 떼어 놓아 연을 끊었지만, 1년여 만에 그녀가 연락한 이유는 절박함이었다.

어디서 만났는지 기억도 나지 않는 남자와 관계를 맺고 임신했는데 병원비를 빌려줄 수 있냐는 연락이었다. 당연히 빌려줄 여력이 없던 나는 거절을 했다. 나에게까지 연락했다는 건 그만큼 도움을 청할 곳이 몇 없다는 것을 의미했다. 그녀는 나에게 별말 없이 알겠다는 단답형을 보냈다. 나는 무슨 마음에서인지 그녀에게 아이를 지울 수 있는 병원을 알려줬다. 그녀는 고맙다고 했다. 내가 그녀에게 보낼 수 있는 같잖은 우정이었다.

사실 그 이후에 그녀가 아이를 낳았는지, 아이를 지웠는지는 모르겠다. 그래도 내가 아는 그녀는 원치 않는 생명을 책임질 엄마가 될 그릇은 아니었다. 어쩌면 지웠을지 모르겠다. 그녀도 나와 마찬가지로 자신의 청춘이 허투루 지나가는 것을 싫어했고, 늘 외로움에 몸달아 술에 빠진 하루를 보냈었다. 그렇기에 그녀의 청춘이 오래 유지 되도록 병원을 알려준 것 같다. 그 병원은 내가 스물한 살이 되었을 무렵, 고등학교 친구의 임신으로 알게 된 곳이었다. 친구는 아침부터 우리 집에 문을 두드렸고, 달그락거리는 봉지에는 임신 테스트기 한 개가 나왔다. 그녀에게 다가온 생명은 임신 테스트기를 사야 한다는 부끄러움을 전했고, 겨우 하나 사 온 것이 내다 놓은 그녀의 자존심이었다.

집에서 검사하면 가족들의 눈을 가릴 수 없던 탓에 무작정 우리 집에 와서 검사했다. 선명한 두 줄에 그녀는 말없이 울었다. 나는 다독이는 일 말고 할 일이 없었다. 대신 결과가 불확실할 수 있다며 재검사를 요구했다. 그러나 그녀의 자존심이 테스트기 구입을 거부했고, 난 그녀에게 카드를 받아 동네 이곳저곳에서 테스트기를 무더기로 사 왔다. 다섯 번이나 생명을 다시금 확인했다.

차라리 이 돈으로 병원에 가자고 하자 그녀는 다섯 번의 붉은 줄을 통해 그제야 현실을 깨우쳤다. 당시 쾌락에 홀려 입대 전 남자친구와 관계를 맺었고, 술집에서 만난 남자와 종종 잠자리를 가졌다고 했다. 아빠는 둘 중 하나겠지만 누군지 불확실했고, 누가 되었던 자신과 미래를 책임지기에 아직 어린 사람들이라고 했다. 그런 말을 뱉는 그녀 역시 어린 사람이었다. 그걸 알고 뱉었는지는 모르겠다.

검사를 받고 온 그녀의 손에는 초음파 사진이 있었다. 드라마나 영화에서만 보던 초음파 사진을 본 건 처음이었다.

정말 작아서 손톱에 비하기도 힘든 하얀색 점이 있었다. 의사는 그게 자라서 아기가 된다고 했고, 보호자 없이 여자 둘이 온 것에 의사는 그녀에게 아이를 낳을 건지 물었다. 그녀는 뜸들이다 낳을 거라고 얼버무렸다. 그게 거짓말이라는 확신이 들었는지 의사는 되도록 3주 내로 지우는 게 좋다는 권고해 주었다. 참으로 어른들은 알 수가 없었다. 우리가 무슨 말을 하지 않아도 부정적인 결과에 미리 예견된 답을 내놓는 것이, 그렇다면 미리 알려 주었으면 좋았을 텐데, 아이를 2~3주 내로 지워야 하는 건 그날 처음 알았다.

그래서 학교 성교육 시간에 주의깊게 듣지 못했음을 탓했다.

그녀는 아이를 지우고자 했고, 잠자리를 가졌던 남자에게는 말하지 않았다. 대신 전 남자친구에게 이 사실을 토로했고, 그는 입대 전 모아둔 돈을 수술비로 바쳤다. 그 모습은 확실치 않은 미래에 올인한 갬블러 같았다.

그리고 그녀는 아이를 지웠다. 그때 간 병원은 그녀를 건너나와도 친분 있던 언니가 다녔던 병원이라고 했다. 이미 우리 주변에는 함구할 뿐 아이를 지운 사람이 더러 있었다.

그 덕에 알고 있던 병원은 몇 년이 지난 나에게 전해져 하루살이 같던 그녀에게 전달되었다. 거기 의사는 쾌락에 젖어 사는 청춘 때문에 호의호식할 것이라는 생각이 들어 어이없는 웃음이 나왔다. 은연중 과거를 떠올리며 알게 된 것은 오늘 연락한 그녀는 내가 병원이든 어떤 지식이든 이런 문제에 해박할 것이라는 생각이 들었나 보다. 왜냐면 우리 집에서 임신 테스트를 해 본 그녀는 내가 의지가 되거나 믿을 만해서 온 것이 아니었다. 순전히 내가 산부인과 지식을 알고 있을 거라 판단했기 때문이었다. 그 이유는 별이 되었던 남자친구와 강압적 관계로 인해 산부인과는 나의 짝꿍이, 피임약은 나의 영양제가 되었었다. 통제로 미래를 그리던 남자친구는 내가 아이를 가지길 원했고, 입대하기 전까지 아이를 배길 바랐었다. 그것이 결혼을 할 수 있는 구실이 된다는 의미였다.

그는 사랑에 눈먼 자들에게 생명을 키워내는 것이 얼마나 어려운지 깨닫지 못했다. 그러나 일찍이 이치를 깨달은 나는 어림셈이 빨랐고, 아이를 돌보고 내 빚과 생계비를 합하면 그가 한 달에 사백만 원은 벌어 와야 했다. 그는 어떻게 해서든 벌어 오겠다고 했다. 말로만 수차례 다짐했다. 그랬으면 이미 건물 한 채를 샀을지 모르겠다. 그러던 중 그는 나에게 임신선이 있다고 낙태한 적이 있는지 추궁했다. 단 한 순간도 그런 적이 없다고 말했지만, 그는 믿지 않았다. 그래서 방문한 병원에서는 단순 스트레치 마크라고 했다, 살 틈의 일종이니 염려하지 않아도 된다는 의사의 소견을 듣고서야 그는 안심했다. 그리고 그와 만나는 몇 개월 동안 나는 생리 기간이 아님에도 핏덩어리가 몸 밖으로 나온 적이 많았다. 그를 두고 몰래 갔던 병원에서는 착상 이전에 피임약 복용 요인으로 떨어졌거나 스트레스를 받아 떨어진 것으로 추측된다는 말을 들었다. 실제로 내 몸이 게워 낸 덩어리는 무엇이었는지 아직도 알 수가 없었다.

그때 알게 된 건 그와 이어온 만남이 나에게 많은 스트레스를 준다는 것이었다. 그쯤부터 그와의 마무리를 은연중에 준비하고 있던 걸까.

또한, 그가 떠난 이후에 산부인과를 자주 들렀다. 여러 여자를 만나 오던 그와 여러 남자를 만나 오던 나에게는 많은 지병이 따라붙었다. 여성의 성기는 내부에 있어 알아차릴 수도 없었고, 정기 검진을 통해 내가 콘딜로마에 걸렸다는 사실을 알게 되었다. 동네 의사는 레이저로 간단히 제거할 수 있지만, 대학병원에서 더 정확한 검사를 하길 바랐다. 그러고는 대학병원에 가기 이전에 레이저로 지워낼 수 있는 한 그가 남긴 흔적을 지우고자 했다. 동네 의사는 끝까지 나의 불안보다 대학병원의 진료비가 더 들거라는 핑계로 장사했다. 그래서 흔적의 주범이 그였을지, 다수의 그들일지도 알지도 못한 채 살이 지져지는 고통을 참았다. 곱씹어 생각하면 대학병원에 가서 전체적으로 검진을 받는 게 나았을지도 모른다. 장사치 의사의 말처럼 레이저 시술비가 배로 들겠지만, 이곳에서 내는 비용이 저렴할 것 같았다. 하지만 나는 의학이나 내 몸에 대해서 자세히 알지 못했고, 그저 의사이자 어른인 그녀가 하는 말이 맞다고 생각하여 레이저 치료에 응했다. 종일 팔과 다리에 마비가 온 듯한 자궁경부암 주사도 맞았었다. 이때는 엄마와 학교 보건 선생님을 탓했다.

성병이 무엇인지 제대로 알려주지 않았던 교육을 원망했고, 피임을 해도 성병에 걸릴 수 있는 신체 구조를 원망했다. 그리고 엄마의 부재로 받지 못했던 성교육은 대학병원 의사가 가르쳐 줬다. 큰 병원이 요구하는 수술비는 막대했고, 검사비도 어마어마했다. 도저히 엄두가 나지 않았고, 의사는 너무 걱정하지 말라며 나를 다독였고, 검사 결과가 좋게 나오길 기도하라 했다.

하지만 막연한 기도만으론 타락한 흔적을 가려 주실 리 없었고, 나는 경부암 초기 진단을 받았다. 어린 나이에 경부를 도려내는 수술을 한 만큼 앞으로 자궁을 소중히 다뤄야 한다고 했다. 수술로 인한 합병증으로 질염이 생길 수 있고, 아이를 잉태할 적에는 경부의 길이가 짧아 조산될 위험도 있다고 했다. 나는 남은 삶에 아이를 낳을 수 있을지 모르겠고, 여성으로서 자궁을 오래도록 유지를 하고 싶어 수술을 감행하려 했다. 그러나 내가 가진 돈으로 수술비를 감당하기엔 턱없이 부족했다. 그래서 엄마와 아빠에게 처음으로 도움을 구했다. 이제 막 직장을 구하신 아빠는 나의 수술비를 지원하기 어려우셨고, 엄마는 가능했으나 보험금을 달라는 조건이 붙었다. 그때 문득 알게 된 건 엄마가 여력이 되었으나, 대출금 천만 원을 갚지 않았다는 사실이었다. 그래도 내 절박함을 들어준 엄마 덕분에 수술은 마무리되었지만, 낙후된 자궁으로 받은 보험금은 엄마의 입으로 들어갔다. 아빠는 그 사실에 엄마를 욕했지만, 죽다 살아난 딸이 있으니 더는 그 일을 입에 붙이지 않으셨다. 더 꺼내고 싶어도 엄마와 다를 바 없는 부모가 되기 싫으셨나 보다.

그로 인해 나는 병원에 들러 성 지식을 바로잡고자 했다. 성 경험만 많았지 제대로 된 지식을 알 리 없는 내게 의사 선생님은 귀찮은 내색 없이 너그럽게 가르치셨다. 몇 안 되는 사람 중에 좋게 평가해줄 만한 사람이었다. 선생님이 나에게 친근하게 대하셨던 이유는 자신의 조카와 나이가 얼마 차이 나지 않아 친밀감이 돋으셨고, 또 다른 이유로 20대의 성병 비율이 높지만, 취재하는 기자들에게 환자의 비밀을 말해선 안 되는 의사의 입장이라 쉽게 말을 하지 못했고, 내원하는 20대 환자들은 그 비밀을 은폐하니 많은 지식을 가르치고자 하셨다. 환자 뒤에는 부모가 있었고, 어른들은 성병이라는 질환을 수치심으로 덮어버렸다. 엄마도 내가 입원했던 팔 인실 산모가 모두 출산해 가족들이 방문하고, 덕담을 나누는 와중에 우리만 커튼을 치고 숨어 있도록 하셨다.

엄마는 창피한 일이라고 했다, 남자에 눈이 멀어 성병에 걸렸다는 사실이 몰상식하고 저급하다고 하셨다. 솔직히 나도 그렇게 될 줄 몰랐고, 쾌락에 몰입한 상태에서 이것이 고통인지 어떻게 구분 짓는다는 말인가. 더군다나 학교 성교육 시간에는 피임을 해야 아기가 생기는 걸 방지할 수 있다고 배웠지… 혹은 흡연과 음주가 몸에 얼마나 안 좋은지 햄버거병인가? 그런 것만 가르치던 시간에 성병은 언급되지 않았다.

나는 외국인들이 브라질리언 왁싱을 왜 하는지 이해를 못 했는데, 음모를 통해서도 병이 옮을 수 있다는 소견 때문에 외국에서는 위생을 위해 왁싱을 한다는 말을 들었다. 이건 어디까지나 개인적인 의견일 텐데, 그들은 어떤 교육을 받았기에 자신의 신체를 밀어내는 과정을 겪는 건지, 그에 반해 우리나라는 같은 십대, 이십 대를 보내면서 무엇을 위해 교육하는지 알다가도 모르겠다. 예전에는 브라질리언 왁싱이 널리 보급되지 않아 대부분 값이 비싸서 회원권을 끊기도 부담스러웠다. 이후에는 사업화가 되어 많이 퍼졌지만, 여전히 사람들은 자신의 선택에 따라서 결정했다. 의사 선생님도 누군가는 왁싱을 권고하고, 누구는 권고치 않는다는 것처럼 어차피 인간들만의 자유적 선택권이었다. 하지만 성병은 어떻게 해서도 옮을 수 있었다. 그래서 정기적인 검진과 피임 외에도 해야 하는 관리가 많았다.

나를 가르치던 의사 선생님은 여성이 산부인과에 가는 일과 남성이 비뇨기과에 가는 일을 우습고 수치스럽게 여기는 문화가 사라지길 바란다고 하셨다. 난 정말로 그 뜻에 공감했다. 중학교 때 산부인과에 가서 검사하고 왔다는 친구의 이야기를 들었을 때, 의자에 차가운 집기류를 집어넣는다는 말에서도 소름이 끼쳤고, 아무렇지 않아 보이는 친구의 모습이 우리에게는 경멸스러워 뒷말까지 돌았다. 정기 검진이 좋다는 건 커서야 알게 된 사실이고, 학생일 적에는 알지도 못했기에 '미성년자가 엄마 손을 잡고 산부인과에 갔다'라는 말만으로도 치부가 되었다. 이 일을 빌미로 당시 나의 주정은 성교육이었다. 웃기게도 친구들은 잘만 들어줬고, 지금도 친구들은 여전히 성적 고민을 나에게 털어놓았다.

친구들이 잘 들어줬던 이유는 우리가 관련된 내용을 알 방법이 그것밖에 없었다, 경험을 기반으로 서로의 지성을 모아야 성적 고민을 해소할 수 있었다. 나는 그들에게 좋은 선생님이나 마찬가지였다. 거의 20대의 구성애 선생님이라고 하면 어느 정도인지 가늠할 수 있으려나. 내가 말하고도 웃기네. 확실한 건 우리가 성지식을 얻기엔 집단 지성이 답이었다. 엄마나 아빠에게 물어도 정답보다는 훈계를 받을 거다. 더군다나 부모님에게 연인과 하는 섹스를 어떻게 생각하는지, 남자친구와 성적 판타지가 안 맞으면 어떻게 해야 하는지 묻는 자식은 없다.

그렇다, 여전히 유교 사상이 몸에 밴 동방예의지국에선 있을 수 없는 일이다.

요즘은 모든 부모가 그렇지 않다고 하는데, 나와 주변인의 부모는 다 그랬다. 어쩔 수 없다, 소수는 아메리칸 마인드를 가지려고 노력할 수 있겠지만 다수의 부모가 유교와 도덕적 사상을 중시한다는 게 지배적이었다.

내가 겪은 그해의 봄엔 축하할 자리에서 그러지 못하는 창피한 가족이 되었고, 누군가에게는 먹칠된 생명과 청춘에 도움을 주는 처량한 우정이 되었다.

봄은 완연하게 피어났지만, 집에서 몇 개월 동안 칩거만 하자 살이 육십 킬로그램으로 불어났다. 살이 찐 것은 중학교 이후로 처음이었다. 제대로 먹는 것 없이 술만 마시다 게워 내고, 담배를 수십 차례 피우면서 움직이지 않은 탓이었다.

중학교 때는 몰랐는데, 고등학교에 들어가면서 친구들의 치장이 나의 다이어트에 영향을 주었다. 그로 인해 무리하게 굶어 가며 생활했고, 스무 살이 됐을 때는 사십삼 킬로그램이 되었다. 늘씬해진 몸을 보여주고자 항상 레깅스를 입고 다닐 정도였다. 그제야 사람이 체형 변화에 얼마나 많은 관심을 받는지 깨달았다. 또한 그만큼 나를 꾸밀 줄도 알아야 했다. 이는 사람들이 나를 대하는 태도와 눈빛, 그리고 말투마저 달라지게 했다. 그렇게 극단적으로 밥을 굶고, 치장의 가면을 썼던 나는 무엇에 지쳤는지 다시 칩거 생활을 하며 중학교 때와 달라지지 않은 몸으로 돌아왔다. 하지만 그때와 같은 몸을 가졌다고 해서 행복하던 사고방식까지 되찾은 건 아니었다. 오히려 불어난 몸을 바라보고 있으니 불행하기 그지없었다.

예전부터 느꼈지만 나는 자학이 심한 사람이었다, 먹는 것을 줄이고, 옷은 타이트하게 입고, 사람들에게 좋은 몸과 무엇이든 수월하게 해내는 모습을 보여주고 싶었다. 그래서 자존감이 높은 척 연기를 하고 다녔다.

당시에는 이것이 자학이라 느끼지 못하고, 자부심이라 느꼈다.

어리석은 자부심은 지출의 늪에 빠지게 했고, 어떻게 해서든 돈이 많고 잘 자란 좋은 딸내미의 면모를 사회에 보여주고자 이런저런 옷을 사들이고, 나를 꾸미는 데 열정을 쏟았다. 그럴수록 사람들의 입에서는 나오는 평판이 곧 나의 자신감이었다.

내가 남들의 평판으로 자신감을 세우게 된 계기는 초등학교 때 엄마에게 듣던 꾸중에서 비롯되었다. 여느 여자애들과 다르게 포니테일로 꽉 묶은 머리는 며칠 동안 감지 못하여 유분에 광택이 흘렀고, 이곳저곳 흙과 급식의 찌든 때가 묻은 티셔츠를 그대로 입고 등교를 준비했다. 그러자 엄마는 나를 불러 세워 위아래를 훑어보고는 학부모 참관 자리에 그런 꼴로 학교에 가면 본인은 잘 챙기면서 자녀는 못 챙긴다는 말이 나돌 거라며 곧장 화장실로 데려가 머리를 감겼다. 그리고 옷도 새로 골라서 입혀주었다. 내가 입학하고 처음으로 엄마가 골라준 옷을 입은 날이었다.

그 후에도 중학교 올라갈 무렵에는 교복을 입고 거실을 몇 바퀴나 걷게 시켰다. 오빠도 안 하는 걷기 연습을 나한테 시켰다. 치마를 입으면 여자가 예쁘게 걸어야 하고, 이상하게 걸으면 보기 흉하다는 소리였다. 나는 모델이 될 정도로 키가 크지도 않은데, 이유도 없이 걷기 연습을 했었다. 고등학교에 들어서는 엄마의 부재로 더 이상 걸음걸이를 연습할 이유가 없어져 이전에 길든

습관으로 퇴화했다. 짝다리를 짚어 한쪽 종아리가 더 부어 보였고, 우리 엄마는 내 다리를 볼 적에 본인이 챙겨주지 못해서 내가 관리를 못 했다고 한숨만 쉬셨다.

커서도 엄마는 나의 옷 입는 취향에 타박을 늘어놓았다, 남들에게는 예쁨을 받아도 엄마는 한 번도 내 취향에 좋은 반응을 보인 적이 없었다. 우리 엄마는 말로만 신을 추앙했고, 남들의 그릇된 관념을 탓하시면서 정작 사람들을 지독하게 의식하셨다.

그래서인지 부모에게 받지 못한 관심과 사랑이 남들에게 옮겨 간 게 아닐까, 나는 그것을 갈취하고 싶었나 보다. 나를 사랑하지 못한 궁핍함은 도태되기만 했고, 나를 챙길 줄 몰라서 자책만 일삼았다.

그렇게 살이 찌고는 담배를 살 때 말고 어딜 나가지 못했다. 옷가지가 가벼워진 사람들 틈에서 모자를 꾹 눌러쓰고 다녔음에도 모두가 나를 쳐다보며 품평하는 소리가 귓가에 남았다. 어쩌다 눈이 마주치면 내 동공은 초조함에 여진을 남겼다.

그해 처음으로 공황이라는 것이 쉽게 생길 수 있다는 것을 알았다. 그래도 나는 정상인 범주에 속한다고 생각했다. 그래서 응시한 내 몸에 남은 처절함을 숨겼었다. 망가진 상태로 나를 버린 게 원망스러웠지만 아닌 척 무시했다. 거기다 고칠 의지도 나지 않았다. 알람을 일찍이 맞춰 놓아도 귀찮아서 도로 잠들었고, 운동하려 해도 옷을 입을 기운이 나지 않았다. 그냥 무의미한 하루에 만족했다. 여기서부터는 나를 자학하던 기대치가 현저히 낮아졌음을 알았다.

스스로 모든 의지를 박탈시켰다.

문득 '행복은 작은 곳에서 비롯된다.'고 했던 엄마의 말이 떠올랐다. 나는 일을 하지 않고, 방치한 것에 딱 거기까지만. 행복을 느꼈고, 내 그릇은 생각보다 작았다. 솔직히 엄마가 아시면 본인이 말했던 저의가 내가 하는 행동은 아니라고 반박하시겠지. 그러면 내 행복이 무의미한 삶이 아닌 또 다음 삶에 의지를 다지는 계기였다며 이상한 의미를 부여할 것이다. 그러고는 다시 신에게 감사하라고 하시겠지.

혼자 곱씹어 보는 엄마의 지독한 신앙심과 말버릇에 절로 웃음이 났다.

나는 태어날 때부터 종교가 있었다. 내가 갖고 싶었던 게 아닌데… 태어나 보니 예수를 믿고 있었다. 엄마는 나를 잉태했을 적부터 교회를 다녔고, 나를 낳았을 적에는 내 손을 잡고 교회에 갔었다. 어릴 때는 아무것도 몰라서 교회에 가는 주말이 당연시여겨졌다. 청소년기에 접어들어서는 왜 가는 걸까에 대한 의문과 반항이 온몸에 퍼졌다.

고등학교에 들어갈 적에는 예배 시간에 벌어들일 시급을 환산하느라 교회에 갈 여유가 없었다. 그 시간에 서빙을 몇 바퀴나 돌아가며 벌었을 돈과 식대로 나오는 밥이 나에겐 예수님보다 고용주를 추앙하는 계기가 되었다. 내가 교회에 가지 않으면 엄마는 자주 기도를 올리라고 했다. 무엇을 위해서인지 몰랐다. 그냥 오늘 하루 아무렇지 않게 보냈다는 것에 감사하라는 말이었다.

나는 오늘 하루를 무탈하게 보낸 것에 감사함을 느껴본 적이 없었다. 언제까지일지 모를 일생을 이렇게 보내는 청춘이 가엾기만 하여 얼른 데려가 달라 기도했다. 길다면 길고, 짧다면 짧을 인생을 되짚다 보니 누구를 탓하고 원망할 수 없었다. 나는 그저 옳고 그름이 불확실한 사회에서 내놓아졌고, 나고 자라남을 반복해야 했다. 그건 나 혼자 할 수 있었다.

그래서 하루가 다르게 부푸는 몸과 숨은 사회성을 신경 쓰지 않았고, 원 없이 술을 마셨다.

원래 다짐처럼 글을 쓰겠다고 했지만, 도저히 내가 무슨 말을 하고, 무슨 의미를 남겼는지 알 수가 없었다. 작가가 알지 못하는 글을 독자들은 무슨 심경으로 볼까, 그래서 글 쓰는 것도 놓았다.

온종일 방구석에 앉아 술을 마시다 보면 방안에 내리쬐는 햇볕은 하얀색에서 주황색이 되고, 검은색이 되었다. 그리고 눈을 뜨면 주황색이었고, 다시 눈을 뜨면 하얀색이다가, 다시 뜨면 주황색이었다. 속절없이 보내던 시간은 여름을 바라봤다.

집안에 내리쬐는 공기는 따갑다 못해 뜨거웠고, 청소도 안 한 에어컨을 틀고 누웠다.

도저히 내가 무엇을 하고 싶어 이렇게 있고, 무엇이 되고 싶어 이렇게 시간을 보내는지. 알고 싶지 않았다. 내 인생을 들여다볼 의지도 사라졌다. 그 무렵에는 아빠 지갑에 기대던 죄송함도 온데간데없어졌다, 엄마에게 거짓말할 소재가 바닥나 메시지를 읽지 않았다. 그렇게 나를 고립시켰다.

그리고 어느 날 문득 내가 살아야 할 이유가 있겠느냐는 생각이 들었다.

나를 사랑한다고, 이해한다며 사회에 내놓은 시간에 스스로를 알았던 적은 단 한 순간도 없었다. 내 행복을 위해, 내 스트레스를 위해, 했다는 일탈도 나를 위한 순간이 없었다. 미련하기 짝없는 청춘의 반을 보냈더랬다.

이제는 잠이 올 리 없었고, 밤새 의자에 앉아 술을 먹다가 하루를 보냈다. 정말로 시간이 어떻게 흘러가는지 감을 잡을 수 없었다. 고립된 휴대 전화는 항상 무음이었고, 그래서 아무런 연락을 받지 않았다. 아빠의 연락도, 엄마의 연락도, 단짝의 연락도 받지 않았다. 다행인 건 가족도 친구도 자기 삶에 바빠 나를 찾을 여력이 없다는 것이었다.

그때 무슨 생각이었는지 기억이 나지 않는다. 그냥 대화할 상대가 필요했나 보다.

육중해진 몸을 이끌고 정신의학과를 찾아갔다. 무작정 상담을 신청하고 의사와 마주했다. 잠을 자지 못하고 축 처지는 기력에 대해 우울증이 의심된다는 소견을 받았다. 사실은 더 많은 말을 남겼지만 쓰고 싶지 않다. 알리고 싶지 않다.

의사가 내린 처방으로 약국에서 약을 받아 왔다. 그리곤 먹지도 않았다. 당시에 의사는 예약을 잡아 자주 상담하자고 했는데, 상담도 예약하지 않았다. 대화가 필요했던 내가 마주한 의사는 피곤함에 지친 기력이 다분했다. 그래서 그 사람도 돈을 벌기 위해 앉아 있는데 나의 어설픈 인생을 토로할 필요가 있을까 싶었다. 이 사람이 나에게 헛된 시간을 쓰는 것이 미안했다. 그래서 의사의 시간을 방해하고 싶지 않아 가지 않았다.

약 봉투를 받아 보니 할머니가 먹던 졸피뎀이 있었다. 그래서 먹지 않았다. 할머니가 먹고 어떻게 되었는지 보고 나니… 나는 먹을 수 없었다. 그러고 나서 겪는 시간은 허탈했다. 어디에도 기댈 수 없이 나락으로 치달았다.

나는 이십 대 초반에 어떤 마음으로 살아가고자 그렇게 치열하게 살았는지 기억도 나지 않았다. 문득 떠오르는 기억에는 남자친구를 잃고 아무렇지 않게 움직이는 지하철 출입문이 오작동으로 열리길 염원했다. 모두가 떠내려가지 않는 상황에 나만 떠내려가 기관사도 볼 수 없게끔 철도에서 사지가 찢어지길 바랐다. 나를 원망했던 건지, 그를 이해하지 못한 과거의 나를 미워했는지 모르겠다. 그게 내 출근길이었다.

할머니를 잃고 힘들어했던 시기에 길을 건널 때였다. 휘청이는 덤프트럭이 인근 공사장을 향해 지나가는 걸 봤다. 그리곤 느꼈다. 이 트럭에 그대로 깔려 터졌으면 좋겠다고 생각했다. 그게 내 출근길이었다.

아빠가 잊었던 꿈에 관해 얘기했을 때는 가정이 있던 상태에서도 아빠가 엄마가 아닌 누군가를 흠모했다는 걸 알았다. 아빠는 퇴근 후 곧장 집에 가지 않고, 친구들과 그 여성을 만나러 갔다.

가진 게 없고, 주머니에 든 게 없어도 그 여자와 있는 시간이 즐거웠다고 했다. 하지만 아빠는 집으로 돌아가야 했다, 태어난 생명과 함께 기다리는 엄마 때문이었다. 의도치 않게 얻은 가장이라는 외로움은 아빠의 과거에 치우쳐져 아닌 척을 해 보던 것이었다. 그때는 서울로 올라오던 아침이었다.

손목 수술을 했다던 엄마가 곧잘 메시지를 보내는 것이 이상했고, 연락처 연동으로 찾은 엄마의 SNS에 제주도에 간 사진이 몇 시간 전에 올라왔음을 알았다. 엄마가 한 거짓말과 나의 퇴직금은 여행을 목적으로 이루어졌고, 나는 엄마에게 거짓말을 하는 것에 죄짓는 기분이 들지 않았다. 지친 기색으로 일어난 새벽이었다.

새 생명을 지웠을지 모르는 친구의 연락을 받았을 때는 연을 끊기 마지막까지도 내가 입에 달고 살던 말이 생각났다. '어떻게 끝날지 모르는 인연과 청춘에 후회 없이 살라고 했었다.' 그 친구는 정말로 그렇게 살아왔고, 실수했다. 이게 나의 잘못인지, 친구의 잘못인지 갈피를 잡지 못했다. 그냥 흘러가는 인연 중의 하나인 내가 그런 말을 했다는 것에 죄책감이 들었다. 그리고 어두운 방 안에서 그녀가 아이를 지우길 바랐다.

내가 겪은 인생에서 아직 일부밖에 안 넘어간 페이지를 놓치고, 포기하고, 숨기던 모든 이의 인생은 행복했는지 묻고 싶었다. 반대로 나는 행복하지 못했다. 나를 사랑하지 못했고, 나를 자유롭게 하지 못했고, 걸핏하면 나를 구속하고, 자책하고, 부정했다.

무심결에 인정하기 싫던 내면을 발견하자 눈물이 속절없이 터져 나왔다.

다 울었다고 생각해도 눈물은 끝도 없이 흘렀다. 너무 울어서 머리가 터질 듯 아팠고, 이대로 자고 싶었다. 주위를 둘러보다 널브러진 약봉지를 뜯어 삼 일 치의 졸피뎀과 소주를 들이켰다. 돌이켜 생각하면 의도적인 행동이었다. 말없이 잔다면 생각도 돌아가지 않을 테니, 가엾은 나는 그만한 행복을 감사하게 여겼어야 했다.

그리고 어리석게도 이틀 뒤에 눈을 떴다. 금요일이었는데, 이틀 뒤가 맞겠지? 아무튼, 금요일이 맞다고 생각한다. 웃긴 게 중학교 때 학원에 가기 싫어서 공업용 알코올을 마신 것처럼 자고 일어나니 몸이 뜨거웠다. 모든 장기가 뒤틀려서 이상한 소리를 냈다.

무작정 담배를 챙겨 들고 간 화장실에서 하혈했다. 혈과 함께 설사했고, 먹은 거라곤 술과 약뿐인 나의 장기는 모든 것을 게워 냈다. 무탈 없이 보내온 이틀에 접대가리가 상실한 몸을 탓했다.

이상하게도 어릴 때 너무 튼튼한 건지, 유전적 요인을 타고난 것인지 궁금해하던 시절이 떠올랐다. 중학교 일 학년이 되어서 남들보다 생리를 늦게 시작했다. 당시에는 그게 뭔지 몰랐고, 엄마에게 생리에 대한 교육도 받지 못했던 나는 수업이 끝나고 화장실을 갔을 때, 검게 물든 피를 보고 혈이라는 걸 몰랐고, 그냥 뭔가 변이 나왔거나 그랬나 착각했다. 그래서 휴지를 여러 번 뭉개어 속옷에 끼고 다녔다.

그리고 주말까지 이어지는 생리에 엄마에게 피가 난다고 말을 했다. 엄마는 그날이 내가 생리를 시작한 날인 줄 알 거다. 내가 생리한다는 사실을 아는 사람은 엄마가 유일했다. 엄마는 생리를 상스러운 것처럼 치부하며 숨기기 급급했다.

오히려 생리라는 것을 알리지 않아도 내 몸에서는 많은 혈을 내보냈고, 열 몇 살이 되던 해까지 이불에 피로 새겨진 지도를 그리곤 했다.

할머니는 그것을 탐탁지 않으셨다, 생리대를 범람하는 혈의 양을 별로 안 좋아하셨고, 생리할 적에는 피비린내가 화장실에 진동한다며 나를 벌레 취급하셨다. 나에게 생리라는 것은 그렇게 좋은 기억이 아니었다. 많은 혈흔에 병원에 가서 진단받았을 때는 아무런 이상이 없다고 했다. 그런데도 나는 생리통으로 달에 한 번씩 고생했고, 통증이 없던 엄마와 할머니는 아빠와 오빠처럼 나를 이방인 취급했다. 그래서 생리를 할 때면 남들에게 티 내지 않고 홀로 고통을 참아 내던 버릇이 그때쯤 생긴 것 같다. 맷집은 학원에서, 수치심은 집에서, 쾌락은 남자에게서, 고통은 산부인과에서. 딱 그렇게 얻었다.

예상보다 튼튼한 나에게 숨을 트여준 삶은 달라진 게 없었고, 겨우 가는 숨에 튼튼한 나를 지탱할 것을 찾아야 했다.

두리번거리던 내 시야에 베란다 파이프가 보였다. 어디서부터 어디로 이어졌는지 모르는 파이프가 이어져 있었다. 자재와 같은 색으로 페인트칠을 해 놓아 주변에는 떨어진 페인트가 부스럼을 남겼다. 그리고 열어젖힌 창문 사이로 바람에 휘날리는 광목 커튼이 눈에 들어왔다. 삼백 센티미터에 달하는 커튼을 꼬아서 파이프에 묶었다. 단단히 묶였는지 베란다에 썩어 문드러진 화분을 매달아 봤다. 화분이 깨지지 않고 포근하게 안겨 있었다. 파이프와 커튼은 내 몸처럼 튼튼했다. 이 정도면 나의 목을 가늠이 안 갈 정도로 짓눌러 줄 것 같았다.

방으로 들어가 메모장에 글을 남겼다.

첫 문장은 부모에게 내가 왜 태어났는지 물음을 남겼다. 중간 문단에는 내가 하고 싶은 게, 좋아하는 게 무엇인지 다 잊은 인생을 부정했다. 마지막 문단은 나의 일부로 남아 어딘가를 떠돌고 싶다는 희망 고문이었다.

삶에 유일하게 남아 있던 의지를 쏟았다.

사람은 태어난 김에 살아간다고 하지 않나. 그런 말이 있음에도 우리 엄마는 과학적으로도, 종교적으로도 인간이라는 존재는 탄생 자체가 희귀하다고 했었다. 그렇기에 내가 태어난 확률이 정말 대단하다고 했지만 나는 내 생애가 대단하다고 생각해 본 순간이 없었다. 그래서 걸핏하면 태어난 김에 산다고 말했다. 그러면 엄마가 그것도 감사하다는 기도를 해야 한다며 강요했다. 그래서 나는 신을 탓했다. 뭐, 그러려고 종교가 있는 게 아닌가. 왜 이렇게 힘들게 하고, 왜 이런 시련만 주고, 언제까지 부정하는 생애를 살아야 합니까, 무엇이 되었던 나에게 응답을 해 주시옵소서, 신에게 하도 많이 욕을 해서 나에게 음소거를 달아 놓았을지도 모른다. 지금까지 털어놓은 얘기도 담아 듣지 않으셨을 거다. 어차피 의지박약에 생애를 끊을 순간이니 신이 듣지 못하는 게 좋은 편일 거다.

유서라면 유서고, 편지라면 편지라는 애매한 느낌의 메모를 남기곤 베란다로 향했다.

바라본 정면은 건물 옆에 위치한 오피스텔이었고, 복도가 다 보였다. 남들에게 목격되기 쉬운 죽음이 싫었다. 비로소 남자친구가 홀로 죽음을 택한 이유를 알았다. 정말 남에게 손해를 끼치는 것보다 눈에 띄어 죽지 못해 살아가는 삶이 싫었던 거다. 그래서 눈에 띄지 않는 모텔방에서 홀로 죽음을 택한 걸지도.

나는 겨울에 썼던 암막 커튼을 펼쳐 테이프로 여기저기 연결해서 붙였다. 그러다 햇볕을 그대로 흡수한 암막 커튼이 베란다를 뜨겁게 달구었다. 이러면 내가 죽더라도 썩지 못 하고 익을 것 같았다. 그래서 절호의 계절이라 느꼈다. 차라리 썩은 내보다 익은 고기 냄새가 나면 방치되어도 좋을 것 같았다.

스툴에 올라가 동여맨 커튼을 몇 번이고 잡아당겼다. 이게 나를 지탱해 줄 수 있을까 하는 의심이 아닌 내가 정말 이걸 실행할 수 있을까 하는 의구심이었다. 아까와 다르게 손발에 땀이 차올라 면을 잡고 있음에도 미끄러웠다.

목을 올리고 아슬아슬하게 까치발을 들었다. 발가락을 뗄 용기가 나지 않았다. 한참을 심호흡하는데 심장이 머리에 올라간 것처럼 머릿속에 많은 두근거림이 울렸다. 발을 떼는 순간에는 목 끝이 뜨겁다 못해 타올라서 팔을 버둥거렸다. 내 잔상 속 베란다는 뒤집히다 못해 고꾸라져 시야가 여기저기 흩어졌다. 그때 나는 사람이 이렇게 유연할 수 있다는 걸 깨달았다. 제대로 보이지도 않는 시야에 허우적거리다 세상이 뒤집혔다. 그리고 타일 바닥에 곤두박질쳤다.

커튼이 끊어진 건 아니었다. 내가 커튼을 창문 인근에 동여맨 탓에 창문에 닿은 발바닥에 힘을 주고 몸을 뒤집었다. 웃긴 건 내가 백 텀블링을 할 수 있다는 것도 처음 알았고, 그렇게 떨어진 바닥은 베란다의 열기와 다르게 시원해서 좋았다. 눈을 떴을 때는 해가 저물고 있었다.

기절이라는 것도 사실상 처음 해 보았다. 일어났을 땐 숨을 쉴 때마다 왼쪽 늑골이 아팠다. 경찰도 이웃도 신고한 적이 없어 찾아온 이도 없었다. 층간 소음이나 이런 거로 치부도 되지 못했다. 아픈 늑골은 앉으나 서나 무슨 행동을 해도 욱신거렸다. 아무래도 넘어지면서 금이 갔거나 부러진 게 분명했다. 그래도 병원은 가지 않았다. 의사가 보고 이상하게 여기지 않을까 하는 조바심이 나진 않았다. 새로운 탄생을 맞이한 나에게는 적막만 흐르는 방이 존재했다, 누군가 나를 들어 올려 첫 숨에 울지도 않았고, 내 손가락과 발가락이 모두 정상인지 보는 이도 없었고, 나의 발을 지장에 찍어 내는 이도 없었다. 그냥 홀로 탄생했다.

문득 내가 태어났던 날이 생각났다. 엄마는 두 번째 출산이라 비교적 여유로웠고, 병원 응급실에서 순서를 기다리면서 진통을 참고 있었다. 엄마 옆에는 하얀색 커튼에 가려진 산모가 있었다. 엄마보다 심한 진통에 소리를 질렀고, 얼마 안 가 그녀의 가족이 왔을 땐 산모의 얼굴을 덮는 의사들을 마주했다. 그대로 엄마는 아빠에게 병원을 옮겨야겠다며 택시에 올랐더랬다.

그래서 나는 출산 전문 병원에서 태어났다. 엄마가 말하기를 옆 산모는 태아가 뒤집힌 것도 모자라 탯줄에 목이 감겨 죽을 위기였는데, 의사가 돌팔이라 산모도, 태아도 살리지 못했다고 했다. 당시에 엄마는 두려움에 사로잡혀 다른 병원으로 간 것이다.

십 대 시절에 그 얘기를 들은 나는 그 병원에서 태어났으면 하는 바람이 들었다. 차라리 그랬으면 별 볼 일 없는 집구석에서 이런 인생을 살 인간이 태어나지 않았을 것이다. 또는 의사가 옆 산모가 아닌 우리 엄마를 먼저 마주했더라면 엄마는 나를 포기하는 삶을 택했을 것이다. 엄마는 집을 나간 후에도 누군가의 딸이자 소녀였고, 처녀였던 시절이 있던 만큼 처음 겪는 엄마의 삶을 떠나 이제는 자신의 삶을 찾고 싶으셨다. 평생을 그 고민으로 스스로 억압하던 엄마는 그날을 기점으로 자신의 인생을 찾아 떠났다. 그래서 드는 생각은 그날 내가 탯줄에 감겨 있었거나 거꾸로 뒤집혀 있었다면 우리 엄마는 여생을 위해 나를 포기했을 것이라고, 확신해서 말할 수 있었다.

그러고는 언제 시도할지 모르니, 동여맨 커튼과 스툴은 그대로 두고 방으로 들어왔다. 하루 이틀이 지난 시점에서는 다친 늑골 때문에 연신 허리를 굽히고 지냈다. 그때는 늦게라도 병원에 가면 보험 처리는 될까. 현실적인 고민만 늘어놓고 있었다. 살려는 의지는 없더라도 현실은 현실이었다.

그때는 다시 글을 써 볼까 앉았는데, 술을 마시지 않으면 손이 떨려 정신을 가눌 수 없었다. 술을 마셔야 생각이 떠오르는데 정리가 되지 않아 쓰고 싶지 않았다.

미련하기 짝없는 생활을 이어갔다.

솔직히 글을 써 보고 싶다는 욕구가 치밀어 오를 때면 술로 억제하여 나를 빈사 태에 놓이게 했다. 내 글이 예술로 통할 수 있을까, 그것을 예술이라 정의할 수 있을까. 도저히 이해할 수 없는 물음에 퇴화시키고 싶었다. 그래서 글을 보면 울렁거리다 못해 일렁여서 구토를 유발하게 하고 싶었고, 글을 쓰는 주체가 '나'인지, '여자'인지 구분도 못 하는 궁지에 내몰리고 싶었다. 그래서 원 없이 술을 마시고, 쌓여 가는 빈 병 속에서 잠을 자는 것이 나의 욕구를 억제해 놓는 방법으로 동원됐다.

과연 예술이라는 것은 무엇일까, 내가 그토록 하고 싶어라 하던 욕구는 도대체 어디서 치밀어 올라 일반적 관념의 '인간'이라는 삶을 거부하는 것인지 깨닫지 못했다. 그냥 아무렇지 않게 출근하고, 일하고, 가정을 꾸리게 되면 아이의 엄마가 되고, 누군가의 남편이 되는 삶을 바라지 않는 것인가. 그토록 바라던 삶이라는 것은 무엇을 위한 저항이고, 질주일까. 모두가 이런 생각을 하고 살지 않을까, 그렇다면 그들이 내리는 정의는 무엇이고, 무엇을 위해 놓고 가야 한다는 것인지 알고 싶었다. 부모에게 얻어 낸 해답은 나와의 시대상이 맞지 않아 이미 가정을 꾸려 놓은 상태였고, 그렇기에 그들이 포기한 것에는 나와 오빠가 있었다.

숱한 남자들 품에서 얻어낸 것은 그릇된 사랑과과 여전히 벗어나지 못한 부모의 울타리였다. 사회에서 알게 된 이들은 힘들어도 살아간다는 개념과 틀에 박힌 사고만 읊었고, 그렇지 않은 이들은 숨을 거두어 답을 알 수 없었다. 그마저 살아 있는 이는 사회에서 도망쳐서 알 길이 없었다. 그리고 그들의 행복에 물음표를 던진다는 것은 나와 같은 암흑에 휩싸이자는 뜻 같았다. 그래서 선뜻 주변인들에게 나에 대한 공식을 풀어 놓지 못했다. 천문학자든 과학자든 자신들이 풀어내지 못한 공식에 대하여 의논한다고 했으나 나는 그런 공식을 풀어헤칠 사람도 없었다.

아니면 인간들이 모여 만든 자살 동호회라든가 그런 곳에 속해야 하나? 그렇다기에는 낯선 이들 사이에서 자신의 인생을 토로하고 오로지 죽음에 얽매인 답안지는 내가 찾아 나선 난제에 옳지 않았다. 나는 그들의 일원이 되고 싶지 않았다.

밤새 떠올린 질문들은 다시금 원점으로 향했다. 무엇이 나를 살게 하고, 무엇이 나를 가치 있게 만드는가. 떠오르는 태양 아래서 햇볕을 쬐고, 바람을 쐬는 행위를 '인간'이라는 생명체가 받아낼 가치가 있겠느냐는 의구심도 들었다. 단언컨대 '인간'이라는 행위이자 본질은 악행만 이루는 생태계 파괴종에 가까웠다. 내가 따진 이치는 그러했다, 내 인생에서 제대로 된 삶의 연명은 밤과 술 사이에 있었고, 나와 같은 주동자들은 청춘에 허덕이다 못해 잠식되어 겨운 하루를 보냈다. 나는 행위자들 속에서 다를 바 없이 생명을 침몰시키고 있었다. 그래서 술과 밤을 끊어낸 것 같다. 술과 밤은 나에게 그대로 있지만, 그들과 함께하는 술과 밤을 떼어 낸 것이다. 어지간히 풀어낼 수 없는 날이 지나 태양이 떠올랐고, 취해서 뜨지도 못하는 눈을 가누며 울렁이는 침대로 다이빙했다. 눈앞에 캄캄하게 찾아온 암흑이 나의 하루와 닮아서 좋았다.

그렇게 물음을 던지며 보내던 하루는 예전에 만났던 남자친구의 연락 한 통으로 다시 돌아왔다. 그는 안양에 살았고, 서울에서 대학교를 다니던 놈이었다. 능글맞지만 꺽꺽대는 괴상한 웃음소리가 귀여웠었다. 우리가 만날 때 그에게 바다에 가고 싶다고 하면 차를 끌고 나를 데리러 왔고, 무언가를 먹고 싶다고 하면 거기를 찾아서 데려가곤 했다. 몇 없이 나에게 잘해준 추억 중 그 사람도 있다는 사실이 웃겼다.

반면에 현실은 생각하기도 싫은데 문득 찾아온 연락은 그가 외로움에 전염되었다는 걸 알렸다.

무작정 만나자는 말에 나는 왕복 교통비가 전부라 했고, 본인이 사겠다는 대답에 나는 거울을 보았다. 살이 쪄서 알아볼 수는 있으려나, 오히려 살이 쪄서 없는 욕정도 식었다면 밥만 먹고 헤어지겠거니 싶어 만남을 승낙했다.

그를 만나러 거리에 나왔지만, 지나다니는 사람들과는 눈도 마주칠 수 없었다. 그냥 지나가는 눈동자조차 은쟁반에 옥구슬 떨어지듯 시끄럽게 굴러다녔고, 귓전에는 저 여자 봐, 살 좀 봐, 덩치 좀 봐, 착각에 잡음이 자리했다. 나는 서둘러 걸음을 재촉했고, 술집에서 만난 그는 몇 년 전과 다를 바 없이 그대로였다.

술을 먹으면서 나눈 대화에서는 아직도 회계사 공부를 하고 있다고 했고, 어렴풋이 기억을 더듬으니 나와 헤어질 때도 회계사 공부를 했다는 얘기가 떠올랐다. 그리고 머지않아 다른 여자를 소개받았던 걸 알아서 헤어졌었는데 참 인연이란 알 수가 없다. 이제는 옛 기억이 돼서 서로 아무런 감정 없이 마주할 수 있는 사이가 되었다. 남자는 못 본 사이에 살이 쪘다며 나를 놀렸고, 본인이 공부하는데, 몇 년 해가 지나도 진척 없는 삶이 맞는 건가 싫어 나를 붙잡았다고 했다.

그의 기억 속에 나는 현명하고, 옳고 그름이 명확한 사람이더랬다.

이미 사회생활을 하는 친구들에게 한탄을 풀어봤자 그다지 좋은 얘기를 듣지 못할 게 뻔했다. 그래서 벽에다 외친다는 식으로 나를 찾았던 거다. 그게 그가 만남을 주선한 목적이었다. 나는 여전히 그에게 기댈 수 있는 존재였고, 반대로 나는 내 처지를 꺼내지도 못했다.

술을 마시고 나서 그가 같이 있자는 말을 남겼는데, 썩… 내키지 않았다. 불과 몇 시간 전에 자살 시도를 했던 사람이랑 같이 동침하겠다는 건지 물었다면 그는 기겁하고 도망쳤을지, 안타까운 나를 안아 줬을지 그저 입 밖에 꺼내지 못한 마음이 혀에 맴돌았다.

깔끔하게 그를 보내고, 홀로 집에 갔다.

방구석에 앉아 오랜만의 외출로 지친 몸을 풀었다. 문득 나는 주변인들에게 어떤 사람이었을까 싶었다. 우리 가족들에게 나는 창피하거나 벌레만도 못한 사람이었는데, 오랜만에 만난 남자에겐 여전히 내가 옳은 사람처럼 보였다. 그럼 다른 사람들에게도 내가 좋은 사람으로 비칠까? 단순히 떠오른 물음표는 마침표로 변환되었다.

처음엔 내가 쓰고 다니는 가면 때문에 그들이 판별한 나의 모습은 내 본모습이 맞을까 하는 물음표였다. 그래서인지 그들에게 향한 물음표가 묻지 않겠다는 마침표로 바뀐 것이었다.

사실상 누구에게 좋은 사람이 되고, 나쁜 사람이 된다는 건 중요한 게 아니었다. 내가 나를 어떻게 구분 짓고, 판별해 내는지가 중요했는데, 나는 나를 무엇이라 표현할 수 없는 지경에 이르렀다. 절로 한숨만 나오는 나에겐 지나가는 매분, 매초가 아까웠다, 청춘을 아까워하며 보냈던 시간과 다르게 내가 쉬는 숨이 아까워서 바로 끊어지길 바랐다.

이 숨이 언제까지 지속될진 몰라도 다시 사회에 나가면 가면을 쓰고 생활할 게 안 봐도 뻔했다. 내 모습이 아닌데 왜 내가 그 모습을 유지하며 살아야 하고, 그 가면을 노년까지 써야 하는가.

탓할 수 없던 무수한 질문들이 나에게 돌아와 나를 탓했다.

그냥 이렇게 살아온 내가 잘못되었고, 엄마가 집을 나가실 때 돌아오라는 말을 못 뱉은 내가 잘못되었다, 원하는 고등학교를 썼던 내가 잘못했고, 대학에 가지 않았던 내가 잘못 선택한 인생이었다. 어디서부터 시작인지 모르는 상태에서 모든 걸 자기 탓으로 돌리기에 이르렀다.

그리고 이십 대 중반에는 삶에 대한 의지가 희미해져 그 경계선 너머로는 사사로운 죽음들과 커다란 사건 사고가 뒤따랐다. 태어난 해에는 경제 위기가 도래해 기억도 안 나는 단칸방에서 가족들과 살았었고, 그래서 나는 돌잔치 사진 따위도 없었다. 그럴 형편도 아니었다고 했다. 초등학교 시절에는 압류 딱지를 붙이러 온 공무원들 때문에 방문 뒤에 숨어 있었다. 내 의지와 상관없이 엄마가 숨겼다. 그래도 공무원들은 나를 끌어내어 텔레비전에 붙은 압류 딱지를 떼면 벌금을 내야 한다는 걸 가르쳐 줬다. 나는 벌금이라는 단어를 몰랐고, 그해에 그게 무슨 단어인지 알게 되었다. 초등학교 졸업을 앞둔 시점에는 신종 플루가 유행하여 우리 반을 제외한 모든 반이 조기 여름 방학을 보냈다. 다행히도 우리 반은 신종 플루를 피해 무사히 여름 방학을 보냈지만 다른 반 친구들은 진도를 따라가기 위해 방학 중에 수업을 들으러 학교에 왔다. 그래서 그해 방학에는 친구들과 함께한 추억이 없었다.

중학교에 들어갔을 적에는 북한의 잠수함 어뢰 공격으로 젊은 해군 청춘들이 물에 잠식되었다. 그로 인해 입대를 앞둔 우리 오빠에게 애국심이 피어났고, 다들 자원입대를 하지 않아 낮은 경쟁률을 지나 해병대에 붙었다. 불행 중 다행이라고 표현해야 할지 모르겠지만, 입대 하루 전 엄마가 이 사실을 알고 오빠를 말렸다, 어떤 위험이 있을지 예상되지 않으니 가지 말라는 것이다. 오빠는 엄마의 마음을 이해하고 택시에 올라 병무청에서 내려 입영 연기를 신청했다. 그때는 금요일이었고, 공무원 퇴근을 삼십 분 앞둔 시점에 들어간 접수였다. 그리고 3주 뒤에 오빠는 현역 육군으로 입대했었다.

고등학교에 들어와서는 수학여행에 부푼 기대감에 가득 차 보내던 자습 시간에 실시간 검색 순위에 오르는 학교와 배의 이름을 보았다. 수업이 끝나기까지 십 분 남은 시점에서 또래 친구들의 안타까운 목숨이 바닷속에 잠겼다는 기사를 접했다. 다음 수업은 프로그래밍을 교육받는 시간이었는데 선생님은 아무렇지 않게 수업했으나 이십 분도 안 되어 눈물을 흘리셨다. 초임으로 계셨던 학교가 그 학교라고 했다. 배 속에 가라앉은 친구들은 노란 나비가 되어 우리의 왼쪽 가슴에 묻혔다.

그해 우리는 수학여행을 갈 수 없었고, 제주도를 꿈꿨던 계획을 모두 철회했다. 기억은 잘 안 나지만 경주에 갔던 것 같다. 그래서 나는 비행기를 타 본 적이 없었다.

성인이 되었을 때는 코로나라는 역병이 돌아 나를 제외한 청춘을 꽃피울 친구들이 즐길 유흥이 사라졌다. 오후 열 시 통금을 용인할 수 없는 젊음은 타올라 거리를 방황했고, 문이 닫힌 홍대 사거리에서 남녀가 모여 얘기를 하고 노상 음주를 했었다. 경찰은 우리 모두를 귀가시킬 수 없었고, 역병에 걸릴 위험을 무릅쓰고 청춘은 놀잇거리를 내놓았다.

정말 한 인간의 삶에서도 사사로운 죽음 말고도 숱한 청춘을 봐 왔다. 그래서 그런지 남자친구의 이별 선언에 투신으로 답했던 언니를 보아도 아무렇지 않았던 이유는 내가 바라본 청춘에게 희망이 단절되어 무뎌진 게 아닌가 곱씹어 보았다. 이제 나는 감정이 결여되어 좋은 인간으로서 가치가 상실한 것 같았다.

무엇을 위한 청춘이고, 무엇을 위한 젊음인가, 계속해서 발악하는 삶에서 어떤 것을 얻어 나에게 득이 되고, 실이 되는가. 결국, 죽음은 도래할 것이고, 나는 언젠가 숨을 끊을 것이다. 이제는 안전하지 못한 삶을 어른들은 과거와 비교했고, 우리가 겪은 삶은 현재를 봐 달라고 했다. 갈림길에선 젊음에 선택이 뒤따랐고, 그 끝이 어디든 스스로를 책임져야 한다는 의무감이 무게를 더했다. 다른 무게도 있겠지만 무엇보다 책임이 더하는 갑작스러운 무게 감은 나를 술에 빠지게 했다.

그나마 살아보고자 처방받은 약물을 보니 할머니가 떠올랐다. 하지만 그녀처럼 약에 의존한 인생을 살긴 싫었다. 지칠 대로 지친 마음으로 커튼을 동여맸건만, 삶을 갈망하는 육체가 나를 붙잡았다. 이렇든 저렇든 죽지도 못하는 인생, 뭐 하러 살아야 하나 싶을 정도로 더이상 삶과 죽음은 나에게 아무렇지 않은 것이 되었다.

그렇게 대수롭지 않은 죽음 앞에서 나는 다시 발칙한 계획을 세웠다.

다음날 마트에서 번개탄을 사 왔다. 계산원은 나보고 "캠핑 가시나 봐요?"라고 물었다. 이제 낯선 이의 호의에 반문할 기력도 없었다. 나는 말없이 고개를 끄덕거렸고, 천 얼마밖에 하지 않았던 번개탄에 내 목숨을 올인했다.

집에 돌아와 썼던 유서를 수정했다.

첫 문장은 나를 사랑하는 방법을 모른다고 했다. 중간 문단에는 약과 목을 매달아도 죽지 못하는 질긴 생명력을 탓했다. 마지막 문단에는 이제야 답을 찾은 인생은 예전보다 후퇴했어도 나의 현 모습에 여한이 없다는 말을 남겼다.

그리고 테이프를 가지고 세면 배관과 하수구 이곳저곳을 막았다. 마지막까지 나를 위해서가 아닌 남을(이웃) 위해 피해가 끼치지 않도록 했다. 참으로 모호한 호의였다. 그러고는 새 잠옷으로 갈아입고, 이불과 베개를 챙겨 들었다. 메마른 욕실 바닥에 깔아 편하게 자기 위해서였다. 베란다에서는 부루스타를 꺼내 와 화장실 구석에 놓았다. 이불이 타지 않을까 염려되어 먼발치에 두었다. 휴대 전화와 충전기까지 챙겨 닫힌 커버 위에 올려 두었다.

마지막으로 번개탄과 테이프를 들고 화장실에 들어섰다.

불 꺼진 화장실 문틈을 테이프로 막았다. 마지막까지 내가 다시 탄생하지 않을까 발악하는 것을 막아 내려는 행동이었다. 번개탄은 부루스타 위에 올려 두었고, 가스 불을 켰다. 화르르 타다 못해 큰불을 내더니 부루스타가 안전장치를 내렸다. 불이 꺼졌음에도 번개탄은 불씨를 머금어 큰 연기를 불렀다. 베개를 베고 누운 나는 인터넷으로 번개탄의 위험성을 찾아보았다. 실행 후에 찾아본다는 것은 미련했지만 어떤 몰골로 죽는지는 알아야 했다.

많은 답변 사이에서 차라리 약을 먹지 말고, 오늘 먹을 걸 하는 후회가 밀려들었다.

약을 먹을 때는 뛰던 심장이 점점 멀어져 들리지 않았고, 목을 매달 때는 머리에서 울리는 심장 소리에 어쩔 도리가 없었다. 타오르는 번개탄 연기에는 심장이 미친 듯이 날뛰었다. 너무 뛰어서 이게 맞는 건가 싶은 정도였는데, 그것도 두세 시간 후에는 점점 멎어서 천천히 뛰기 시작했고, 오히려 머리에 들이찬 이산화탄소 때문에 회로를 돌리고 싶어도 둔해져서 돌리지 못했다.

눈앞이 아른거리는 와중에 휴대 전화가 울렸다. 처음 뒤집어 봤을 때는 다른 단짝인 예솜이었다. 그래서 덮었다. 그러자 휴대 전화가 한 번 더 울렸다. 이번에는 나현이었다. 그래서 덮었다.

머지않아 적막을 되찾은 화장실에서 잠이 올 듯 말 듯 눈꺼풀이 무거워졌다. 흐릿한 시야 너머 친구들의 이름이 찍힌 부재중 위로 날짜를 보았다.

오늘은 5월 2일이었고, 힘겹게 떠올린 눈꺼풀로 알게 된 사실은 그날은 내가 스물하고 여섯이 되는 생일이었다.
결국, 마지막까지도 나는 나를 챙길 줄 몰랐다.

에필로그

여자의 생사는 알 수 없다. 당신이 떠올리는 것이 그녀의 생사일 뿐. 그녀의 주변인들은 다시 아비규환의 일상 속으로 돌아가 '인간'이라는 생명체로 여전히 물음을 찾고, 헤맸다.

여자가 자신의 인생에 던진 물음표는 꿈에 대한 것이 아니었다, 가정 형편에 대한 것이 아니었다, 집을 나갔던 어머니도 아니었고, 책임감 없는 아버지도 아니었다, 자식의 도리를 하지 못한 오빠도 아니었다. 정신이 온전치 못한 할머니도 아니었다.

누군가를 변명이라 치부할 수 없고, 원망이라 탓할 수 없었다.

그녀가 알아낸 정답은 자신이 가고자 하는 길에 갈 수 있도록 바라만 봐 주는 여유였다. 그러나 그녀는 여유를 가질 수 없었다. 본인을 바라만 볼 수 없었고, 사회는 계속해서 돌아가야 했고, 무작정 사회에 놓인 그녀는 달려야 했다. 그래야만 자신이 가고자 하는 길에 돌다리를 얹어줄 수 있었다. 그렇게 보내온 몇 년은 그녀가 자신을 바라볼 여유도, 시간도, 챙길 방법도 잃게 했다.

어떻게 돌아가고, 어디로 가야 하는지 갈피를 잡지 못했고, 멀리서 바라볼 과거든 현재든 미래든 그녀의 모습은 사라져 보이지도 않았다.

집착이라는 정당함을 요구하던 남자친구는 영원한 추억에 마침표를 찍었고, 첫사랑과 꿈을 그리워하던 아버지는 어쩔 수 없는 가정을 위해 살았고, 사상에 깃든 할머니는 집안의 어른에서 아이

청춘실종, 타살협의

가 되어 방울토마토 한 줌에 별이 되셨다.

떠나간 사랑을 붙잡을 수 없던 언니는 그를 위해 투신을 선택했고, 표독스러운 집안에 질린 어머니는 자신의 삶을 찾고자 모험을 시작했고, 어머니의 병세에 가식적인 사랑을 팔던 남자는 돌아올 현실을 위해 여자에게 몸을 주었다.

떠나는 청춘이 아쉬워 방탕하게 살아오던 옛 친구는 생명을 얻었고, 가정사를 엄폐하던 친척 언니는 아무렇지 않은 듯 가정을 꾸렸다. 마지막 남자는 안정적인 삶을 바라던 여자를 떠나 불완전한 청춘으로 향했고, 남자는 과거에 가졌던 자신의 위태로운 꿈에 희망을 품고자 여자를 찾았더랬다.

저마다 '인간'은 자신을 위해 희생하고, 남을 위해 희생하며 말도 안 되는 변명으로 가면을 썼고, 인생을 저울질했다. 그들이 바라는 것은 떠나가고, 돌아오기를 반복했다. 그리고 다시 마주하는 하루에서 현실을 이해하고 받아들이는 연습이 필요했다. 여자는 그런 준비가 되지 않았다. 투신했던 언니처럼, 별이 된 남자친구처럼, 모험을 떠난 어머니처럼, 방탕하게 살아온 친구처럼. 여자도 그런 연습이 필요했다. 다만 연습할 시간도, 기회도 주어지지 않은 현실에서 마주해야 했던 건 무엇일까.

여자가 보내오던 밤 속에 남자들은 잠을 자자고 표현한 적이 없었다. 사랑한다고 말하지도 않았다. 그래도 서로의 뜻을 확인하고, 마음을 알고자 숱한 관계를 맺어왔다. 그녀에게 가져온 것은 감정도, 온기도 아니었다. 위태로운 하루에 잠시나마 서로에게 기대어 쾌락으로 잊히는 새벽과 지친 몸과 마음을 쉬어 보는 시간이 서로가 권할 수 있는 유일한 삶의 혜택이었다. 주어진 것 없이 태어난 이들이 주어진 것 없는 나체의 밤을 보낸 것이 서로를 위한 행복의 가치를 의미했다. 누군가는 우리 세대의 섣부른 판단과 잘못된 관념에 삿대질했지만. 그들은 이 삶의 판단과 관념을 갖기도 전에 아무것도 모르는 상태에서 사회에 버려진 잔재들이었다.

어른들이 만들어 낸 관습 속에 구속되어야 했던 삶은 우리의 밤을 뜨겁게 만들었고, 타오르다 못해 찢기는 고통 속에 새벽을 고뇌하고 또 고뇌했다. 우리가 깨달은 사실에서는 누군가 평가절하하기에 그들의 논쟁에 휘말리기 싫었고, 우리만의 아지트를 원했다. 그렇지만 어른들은 우리를 놓아줄 리 없었고, 우리는 청춘이라는 이름의 악행으로 '젊음'이라는 엄벌을 받던 한 시대 속 이면으로만 남을 것이다. 다음 세대도 우리와 같은 악행과 엄벌을 받아내는 시대를 살 것이다. 그때쯤 우리도 이전 세대와 같은 관념으로 그들의 평판을 탓할지, 가진 사상을 그들에게 주입해 놓을지 모르겠다. 모두가 그렇게 살아왔고, 모두가 같은 이념을 갖고 살아간다는 우리는 무엇을 위한 삶에 놓인 것일까 실로 궁금한 난제였다.

여자는 스물여섯이라는 많다면 많고, 적다면 적은 세월을 보냈다. 여자는 경계선에서 두 명의 청춘과 작별했고, 한 명은 가정의 섭리를 받아들였다. 두 명이 불완전한 삶과 맞바꿔 이별을 고했고, 한 명의 희망을 찾던 과거가 되었다. 한 명의 희망찬 미래에 숨길 과거가 되었고, 한 명의 생명을 짓밟아 낼 해답을 주었다. 누군가에게 이들의 삶은 짧고, 아직 겪어야 할 일이 많다고 했지만, 스물이 된 그녀가 육 년이라는 해의 바뀜 속에서 겪어낸 일이었다. 그렇다면 다른 어른들은 이러한 삶을 계속해서 몇십 년, 몇 세기에 걸쳐 참았고 살아왔다는 노력에 찬사를 보내고 싶다. 그런데도 여전히 당신들 눈에는 우리의 청춘이 가엾기만 한가, 여전히 겪어야 할 산이 많다고 느껴지는가, 물음을 던지고 싶다.

여자의 주변인들은 그녀의 가족과 친구와 연인들과 동료들까지… 서로를 탓했다. 원한을 가질 만한 사람은 없었고, 그녀가 배우지 못한 청춘이라는 굴레는 그들에게 있다는 가르침이었다.

그래서 세상은 애먼 사람을 들먹일 필요가 없다며, 실종으로 협의를 보았다. 그렇게 세상이 말한 애먼 사람은 여자였을까, 주변인들이었을까.

청춘실종, 타살협의

발　행 | 2023년 05월 10일
저　자 | 견해
편집자 | 김주혜
펴낸곳 | 주식회사 부크크
출판사등록 | 2014.07.15.(제2014-16호)
주　소 | 서울특별시 금천구 가산디지털1로 119 SK트윈타워 A동 305호
전　화 | 1670-8316
이메일 | info@bookk.co.kr

ISBN | 979-11-410-2780-3

www.bookk.co.kr